O INVERNO do VAMPIRO

O INVERNO do VAMPIRO

Júlio Ricardo da Rosa

2023

Copyright © 2023 Júlio Ricardo da Rosa
Todos os direitos desta edição reservados ao autor

Nenhuma parte desta publicação poderá ser reproduzida, seja por meios mecânicos, eletrônicos ou em cópia reprográfica, sem a autorização prévia da editora.

EDITOR Artur Vecchi

REVISÃO AVEC Editora

CAPA, PROJETO GRÁFICO E DIAGRAMAÇÃO Fabio Brust – *Memento Design & Criatividade*

Dados Internacionais de catalogação na Publicação (CIP)

R 788

Rosa, Júlio Ricardo da
   O inverno do vampiro / Júlio Ricardo da Rosa. – Porto Alegre : Avec, 2023.

   ISBN 978-85-5447-182-8

   1. Ficção brasileira   I. Título

CDD 869.93

Índice para catálogo sistemático:
1.Ficção : Literatura brasileira 869.93

Ficha catalográfica elaborada por Ana Lucia Merege – 4667/CRB7

2ª edição, AVEC Editora, 2023
1ª edição, Independente, 2018

IMPRESSO NO BRASIL | PRINTED IN BRAZIL

AVEC EDITORA
CAIXA POSTAL 6325
CEP 90035-970 | INDEPENDÊNCIA | PORTO ALEGRE – RS
contato@aveceditora.com.br | www.aveceditora.com.br
Twitter: @aveceditora

"Meu heroi não tem super poderes. Usa óculos, costumava carregar uma pasta, e me ensinou muito do que sei sobre filmes e escrita. Este livro é dedicado a ele. Meu querido amigo Hiron Cardoso Goidanich, o Goida".

DEDICATÓRIA

"Há pesadelos para quem dorme imprudentemente."

BRAM STOKER, *Drácula*.

PORTO ALEGRE, INÍCIO DE 1960

A CHEGADA DO FRIO SEMPRE DESGOSTAVA LOLITA. AS RUAS PARECIAM MAIS escuras e os contornos da esquina tão conhecida tornavam-se ameaçadores, como se novidades sinistras espreitassem cada momento. As sombras se alongavam, e o vento, mais forte naquela época do ano, parecia sussurrar uma ameaça. Mas nada acontecia. Os anos passavam e ela construía a vida conforme o planejado. Na verdade, não fizera planos. Os acontecimentos se acumularam e ela simplesmente os arranjou para que ficassem mais práticos e lucrativos. Marcava os encontros por telefone e esperava os clientes sempre no mesmo lugar. Cada vez menos gente desconhecida. Novos, só por recomendação. Era uma forma de escapar dos gigolôs. O único homem para quem dera dinheiro foi Caetano. Ele a iniciara na vida. Um colega de escritório, morto ainda jovem, afogado na gordura que atrofiou seu coração. Indicara os primeiros clientes, inclusive o da companhia telefônica, que lhe conseguira a linha com um financiamento dilatado e sem juros. Outro morto. O tempo passava. Daqui a pouco os clientes começariam a sumir, a buscar mulheres mais jovens. Mas ela já pensara nisso e tinha uma solução. Era o único apartamento no prédio que possuía telefone. Ela o transformaria em uma agência. O que Caetano fizera por ela, faria para as jovens iniciantes, cobrando uma pequena comissão. Elas poderiam ligar de um telefone público para acertarem o encontro. Lolita garantiria que os clientes fossem educados, não violentos e pagassem antecipadamente. Não necessitava mais tanto dinheiro. Morava em um imóvel próprio e tinha duas salas de aluguel em uma galeria no centro, a algumas quadras de onde estava. Mais alguns invernos e...

As luzes de um veículo cruzaram a parte intermediária da rua e Lolita aproximou-se do meio fio. Mas ao invés de parar, o carro acelerou dobrando a esquina. Ela pensou ter reconhecido o modelo e a placa. Um engano sem dúvida. Era o frio. O vento afastava as pessoas tornando as ruas desertas, o que a fazia cada vez mais ansiosa. Olhou para as unhas das mãos, sempre pintadas de vermelho ou cor de rosa, e observou satisfeita, o brilho que a luz do poste próximo refletia nelas. Acendeu outro cigarro e voltou para baixo da marquise em frente à livraria que vendia livros usados. Lembrou-se de um cliente (mais um desaparecido), que vinha aos encontros com um pacote daquela loja. Não fazia confidências, mas ela sempre o imaginou juiz ou advogado, pela aparência e a maneira como falava. Ele era, sem saber, a inspiração para a figura que ela construíra para si mesma. Cabelo pintado de preto caindo um pouco abaixo dos ombros, maquiagem leve – exceto os lábios sempre cobertos por um carmim reluzente, roupas de cores neutras e, mesmo no verão, meias escuras. A maioria dos homens tinha predileção pelo nylon sombreando as pernas das mulheres. Olhou o relógio. Mais de meia hora atrasado. As ruas continuavam mudas e, nos poucos prédios residenciais, as luzes sumiam gradualmente. Um mundo cerrava suas portas e o seu universo nascia. Sombras, luzes avermelhadas, quartos com seu odor próprio em hotéis que só os que viviam a noite conheciam.

Esmagou o cigarro no chão decidida a ir embora quando ouviu o caminhar rosnado. Vinha do início da rua onde o aclive era mais acentuado. Vagaroso, parecendo sofrer ante o esforço da subida. Lolita não distinguiu a figura que se formava. O vulto era baixo, enrolado num sobretudo escuro. Ela recuou para junto da vitrine, esmagou o cigarro com a ponta do sapato e fingiu olhar o relógio. Estava na hora de ir embora. Seu cliente desistira. Alguma coisa tinha acontecido. Não era comum faltarem a um encontro. Se não gostavam dela, não voltavam a ligar.

A marcha avançava. Olhou novamente e enxergou um homem de pequena estatura, a calva cercada por um cabelo escovinha nos lados da cabeça, as rugas mapeando o rosto gorducho. Caminhava olhando para o chão, como se nada ao redor interessasse. Estaria bêbado? Resolveu ir embora e esquecer daquela noite. Foi a música que a impediu. Era leve, apenas uma canção sussurrada, os instrumentos quase inaudíveis. Lolita concentrou-se no som que dava a impressão de vir de todos os lugares, trazendo uma paz desconhecida, um sentimento de reconfortante abandono. Até desaparecer sem aviso, assim como iniciara. Vazio, desamparo e infelicidade como jamais sentira apoderaram-se dela, e as lágrimas vieram imediatas, o caminhar arrastado cada vez mais próximo. Voltou-se e enxergou o homem a poucos metros de distância, o olhar ainda cravado no chão, imperturbável em sua marcha. Era velho, o sobretudo grande demais, a barra roçando o chão. Toda a figura aparentava desleixo. Não. Ia além da sujeira: exalava maldade, dor.

O homem parou ao seu lado, mas ela não se moveu. No mesmo instante, suas dores e angústias desapareceram. Encontrara um alívio que julgara impossível existir. E devia tudo àquele desconhecido. Ele não estranharia seu nome, pensando ser Lolita um apelido de guerra. Por mais que afirmasse, a maioria não acreditava. Era o nome de uma atriz, a mãe explicara, uma mulher muito bonita. No entanto, o nome não lhe trouxera a beleza. Apesar das formas atraentes, o rosto era muito definido, os traços marcados, a boca larga, os dentes grandes.

Virou-se e encarou o homem. Ele ainda contemplava o calçamento, dando a impressão de buscar, nas lajes e no barro do meio-fio, uma verdade há muito esquecida. Lolita gostaria de perguntar o que ele fazia, se precisava de ajuda. Mas o desconhecido continuava parado, roçando os pés no chão, imitando o ruído dos passos, parecendo se esforçar para que o barulho substituísse a música desaparecida. Lolita sentiu o vento soprar mais forte, viu outras luzes desaparecerem nos prédios, a penumbra cortada pela lâmpada do poste na esquina. Encarou novamente o homem e ele, num movimento lento, ergueu o rosto.

Jamais experimentara tamanha angústia. A figura era banal, gorducha, pipocada de barba grisalha, mas inspirava pavor, perdição completa. A única exceção eram os olhos. O cinza claro brotava dos traços, sugando as imagens ao redor, roubando a vida ao tocá-las. Ele tirou a mão esquerda do bolso e roçou o ombro de Lolita. Os dedos eram gelados, ásperos, e ela retraiu-se ao senti-los. Mas foi um movimento passageiro, logo substituído pela certeza de haver encontrado seu destino, o melhor para sua vida. Obedeceu a ordem muda e reclinou a cabeça sobre o ombro dele. O vento soprou mais forte e Lolita lembrou-se da voz no rádio prevendo que neste ano o inverno chegaria mais cedo e seria bastante rigoroso. Fechou os olhos e sentiu lábios roçarem seu pescoço. Um cheiro apodrecido feriu o ar e ela teve um sobressalto. O que estava fazendo? Quem era aquele... Tentou empurrar o desconhecido, livrar-se do abraço, mas o esforço era inútil. Virou o rosto e o fedor atingiu sua face. Enxergou dentes apodrecidos, afiados, os caninos pontudos. Gritou, tentando articular um pedido de socorro, mas o desespero foi maior e obstruiu a fala. Uma picada dolorida fustigou seu pescoço, desencadeando um tormento que se espalhou por toda a cabeça. O sangue escorreu empapando o colo, descendo entre os seios e a dor da jugular rasgada latejando pelo corpo.

Alguém assistiu aos acontecimentos? Notaram o homem manchado de sangue acomodar a mulher inerte junto à grade de ferro que protegia a vitrine da livraria? Viram-no sumir na escuridão da esquina com o mesmo passo arrastado, exibindo o cansaço de uma existência incompleta, da qual não tinha escapatória porque a morte nunca chegava?

Na manhã encoberta pela cerração, o primeiro funcionário a chegar encontrou, como sempre, a grade erguida até o meio da porta, e o proprietário alisando o palheiro com o qual iniciava o dia. Algumas luzes estavam acessas, e o cheiro dos livros amontoados nas prateleiras que subiam até o teto, misturado ao do fumo recém-picado, criava um universo particular. Olhou novamente para a rua antes de entrar e notou as manchas escurecidas na calçada, um borrado de impressões digitais na parte baixa da vitrine. Teria de limpar aquilo, pois a faxineira só vinha no final da semana e se o dono visse... Amaldiçoou os vagabundos noturnos. Porto Alegre estava ficando uma cidade perigosa.

No apartamento de Lolita, como sempre, as janelas se abriram próximo ao meio-dia, e o rádio foi ligado ainda a tempo de anunciar a previsão do meteorologista: mais frio e possibilidade de geada.

Os vizinhos estranharam o jornal sobre o tapete da porta ainda ao final da tarde e ninguém a viu ir ao armazém ou ao cinema, seus hábitos conhecidos. À noite, as luzes no apartamento foram acesas e, após as dez horas, os passos costumeiros, um pouco arrastados, o que não era habitual, soaram no corredor. O prédio estava silencioso e grande parte dos moradores dormia. Ao escutar a batida da porta de entrada, a proprietária do primeiro apartamento no andar térreo sorriu e aumentou o volume do rádio a pilha que escutava deitada na cama com as luzes desligadas. Amanhã poderia reforçar seus comentários sobre aquela mulher, uma vagabunda que só faltava trazer os amantes para dentro do prédio. Uma pessoa honesta não saía para a rua aquela hora, a cidade vazia, os bondes já recolhendo, uns poucos carros circulando devagar. Ela sabia o que eles procuravam...

Adormeceu com o rádio tocando a cortina do derradeiro noticiário esportivo daquele dia. Acordaria no meio da noite e, ao ouvir o ruído da emissora fora do ar, lamentaria a insônia constante.

ALGUMAS SEMANAS ANTES

A MAIOR PARTE DO TEMPO, AS PESSOAS ANSEIAM QUE UM FATO INUSITADO modifique suas vidas. Mas não algo terrível. Foi o que me aconteceu quando encontrei Ludwig Valter. E, como sempre acontece nestas situações, o mal surgiu através de um fato banal, que no início, eu tomei como mais uma consequência do comportamento peculiar do meu senhorio.

Hesitei muito, até decidir pela mudança para Porto Alegre. Meu trabalho em um banco estatal me dava possibilidade de transferência e resolvi me candidatar. A resposta demorou alguns meses para chegar. Pelas regras, necessitava solicitar férias e, neste período, providenciar minha mudança para me apresentar no novo local de trabalho. Arrendei a pequena propriedade na qual meu pai trabalhou até uma semana antes de morrer, vendi os móveis, coloquei as poucas fotos que possuía dele e de minha mãe na mala junto com as roupas, e tomei o trem numa manhã em que a cerração cobria a paisagem e engolia a fumaça da locomotiva. A parede de neblina prevaleceu na maior parte da viagem e, ao se dissipar, revelou as primeiras casas, o rio Guaíba, as tecelagens e as indústrias Renner. Os trilhos margearam a rua Voluntários da Pátria com sua misturas de cabarés, depósitos e comércio, até chegar à estação central, próxima ao centro. Caminhei pelo ambiente olhando para a banca de jornais e revistas que exibia uma variedade de opções como eu nunca tinha visto, os carregadores de bagagem oferecendo seus serviços aos viajantes que traziam maiores volumes. Desci a escadaria e caminhei até o ponto onde os táxis estavam estacionados. Conhecia um hotel, no qual ficara com meu pai muitos anos antes, na única vez em que ele deixou nossa cidade. Foi minha opção. Disse o nome do lugar, mas não o endereço, que eu esquecera.

— Na avenida Farrapos? — perguntou o motorista.

Confirmei sem saber se a informação era correta o que, para minha sorte, aconteceu. As distâncias me pareciam desmesuradas e eu não imaginava em qual parte da cidade estava. Paguei pela corrida e fui até a recepção do hotel. Assinei o registro, tomei o elevador que me deixou em um corredor escuro, e necessitei tatear a parede até encontrar um interruptor que trouxesse a luz. Meu quarto era minúsculo e dava para o estacionamento do hotel. Não tinha conhecidos e nem sabia como me orientar na cidade. A única referência vinha de um colega de trabalho. Ele me indicara um amigo dos tempos de quartel, que trabalhava em uma repartição pública. Eu me considerava um homem prático e decidi que cumprir os protocolos da transferência era minha primeira necessidade. Me lavei utilizando o banheiro no meio do corredor, fui até a recepção e mostrei o endereço que eu buscava.

— Fica no centro. O senhor precisa pegar o bonde. O fim da linha é a duas quadras daqui. Dobre à esquerda na primeira esquina, depois à direita no final da rua. O senhor já vai ver os bondes. Sempre tem um saindo ou chegando. E depois é só descer no fim da linha no centro. E lá qualquer um lhe informa como chegar até onde o senhor quer — ele me explicou utilizando seu sorriso protocolar ao final da explicação.

Alcancei a central administrativa do banco seguindo as instruções de um soldado da Brigada Militar que fazia ronda na estação de bondes, e apresentei meus documentos. Esperei por mais de duas horas até uma mulher de meia-idade, os cabelos levemente grisalhos, abrir uma porta lateral e chamar o meu nome.

— Sua transferência foi mesmo aceita. Demoramos um pouco para encontrar. É tanto papel que... Bom, o senhor precisa terminar de cumprir seu período de férias e depois voltar aqui que eu lhe forneço os documentos para que possa se apresentar na sua nova agência.

Retornei para o hotel e o meu quarto e fiquei contemplando as paredes que o entardecer escureceu lentamente. A cozinha do estabelecimento se limitava ao café da manhã e fui obrigado a atravessar a avenida e caminhar duas quadras para encontrar uma churrascaria. No caminho de volta, um vento frio para aquela época do ano assaltou as ruas. Notei os caminhões estacionados ao longo da via e observei que eles deixavam uma fresta nos vidros das portas. Não temiam o frio?

Avancei através de calçadas com lajes quebradas e ruas de paralelepípedos irregulares que reforçavam o ar de abandono das casas ameaçadas pelas oficinas e depósitos que cresciam ao redor. Parei em frente ao hotel e um chuvisqueiro cortante, arremessado pelo vento, me atacou de surpresa. Antes de empurrar a porta de vidro grosso onde o nome do hotel estava pintado em letras grossas e negras, notei as mulheres caminhando na direção dos caminhões. Eram o motivo pelo qual os vidros mantinham as aberturas que eu observara. Algumas paravam em frente aos veículos, outras batiam às portas e alguns motoristas colocavam a cabeça para fora das cabines para observá-las. Eu não estava acostumado àquelas situações e fiquei observando. Uma delas pareceu me olhar, como se avaliasse se eu estava interessado ou não em um programa. Não a distinguia com clareza devido à distância, à chuva e à penumbra que envolvia a rua no outro lado da avenida. A porta do caminhão à frente dela se abriu e a minha visão foi cortada por um ônibus que passou quase vazio deslizando na pista encharcada, mas guardei a impressão que, antes de subir na cabina, ela me encarou sorrindo, como se marcasse meu rosto para uma próxima vez. Desviei o olhar e, quando a procurei novamente, havia sumido. Restaram apenas a luz amarelada dos postes marcada de pontos de chuva e os caminhões escuros, todos iguais àquela distância.

Na manhã seguinte voltei ao centro da cidade, novamente utilizando o bonde. Havia um outro recepcionista no balcão àquela hora, e ele foi paciencioso o suficiente para desenhar um mapa expondo o caminho para chegar ao endereço que eu indicara.

O trajeto até o final da linha dos bondes me fazia recuperar um pouco da minha existência no interior. A maioria das casas era de madeira, com pátios lajeados e pequenos jardins. Lojas e restaurantes familiares serviam aquele mundo às vezes perturbado pelo movimento de alguns carros ou pela linha de ônibus cujo itinerário eu desconhecia.

O bonde chocalhou nos trilhos e estacionou em frente ao prédio do mercado público. O sol amainava o frio, tornando o efeito do vento quase imperceptível. Abri o mapa e iniciei minha jornada. Cheguei diante de um edifício envidraçado, um tipo de construção que eu nunca vira antes, e conferi o endereço. O funcionário da recepção ouviu o nome e o setor que mencionei para depois procurar a informação em um caderno grosso, tão novo quanto o prédio.

— Sexto andar, sala 602 – falou entediado, sem levantar os olhos do ponto morto que encarava atrás do balcão.

Tomei o elevador e, ao ouvir o meu pedido, o ascensorista exibiu um enfado igual ao do homem da recepção. Desci em um andar deserto e silencioso. Procurei o número da sala no alto das portas. Entrei na dependência indicada para deparar com outro balcão, o ambiente imerso na fumaça de vários cigarros e uma legião de funcionários encarando máquinas de escrever ou pastas volumosas. Ignoraram minha presença por alguns minutos até uma mulher ainda jovem arrastar-se na minha direção.

— Antônio, é prá ti! — ela gritou mal eu terminara de explicar a razão da minha presença.

Antônio ergueu-se com uma energia que destoava do ambiente e veio até o balcão. Tragou o cigarro antes de achatá-lo no cinzeiro de uma mesa próxima e abriu seu melhor sorriso.

— Pois não?

Apresentei-me e expliquei a razão pela qual o procurava. Antônio perguntou por nosso amigo comum e contou como o conhecera.

— Servimos juntos e o Joca me apoiou muito. Mas em que posso te ajudar?

— Preciso de um lugar para morar. O hotel é caro e só fiquei lá porque não conheço nenhum outro lugar aqui em Porto Alegre. Quem sabe uma pensão, um apartamento pequeno. Ou mesmo um quarto. É só até eu, eu...

— Acho que conheço uma pessoa que quer alugar o andar térreo de um sobrado aqui no Centro mesmo.

— Um andar inteiro é muito caro e não preciso de tanto espaço. Na verdade só tenho duas malas e nada mais.

— Esse meu amigo tem os andares mobiliados. Recebeu uma herança há pouco tempo e não precisa de todo o espaço. Acho que é a solução para o teu problema.

Antônio foi até o homem que lia um jornal na mesa do centro e avisou que precisava se ausentar por meia hora. Colocou um casaco de lã e saímos conversando como se fôssemos velhos conhecidos. Foi o primeiro momento de descontração que experimentei desde a minha chegada. Paramos no meio da quadra, em um misto de bar e revistaria. Antônio pediu dois cafezinhos. O vapor escorria das paredes forradas até a metade por azulejos azuis, e o cheiro de pastéis fritos, misturado ao da máquina de café, me trazia lembranças de casa.

Evitei o pensamento e me esforcei para escutar Antônio, que falava sem parar.

— Ele pode parecer meio estranho, mas no fundo é uma ótima pessoa. Um cara com muita cultura. Na verdade a casa dele parece uma biblioteca. Tem livros por todo o lugar.

— E como tu conheceu ele?

— É o que falei sobre a herança. O tio dele era o supervisor estadual de todas as repartições. Morreu no escritório. Sempre recusou a aposentadoria. Um tipo estranho. Tinha dinheiro, não era feio, mas nunca casou. A única coisa que a gente sabia a respeito dele é que viajava para o exterior nas férias. O pessoal da repartição também comenta que ele era amante da Aurora. Uma das gerentes, muitos anos mais jovem que ele. Parece que chegaram a viajar juntos uma vez. Ela continua no serviço. Só que em outro andar. É sempre promovida. Coisa dele. Ajeitou tudo antes de morrer. Era um tipo influente. Quando morreu, o único parente vivo que se encontrou foi a pessoa para qual vou te apresentar. Foi aí que conheci ele. E como também gosto de ler, uma coisa leva a outra, e ficamos amigos. Mas vamos lá que eu preciso voltar antes do meio-dia.

O sol brilhante, de calor morno, envolvia os prédios, desenhando nesgas sombrias nas calçadas e paralelepípedos. Os cinemas anunciavam as sessões vespertinas e, de alguns restaurantes, soprava o cheiro de comida. A rua que percorríamos evoluía para um aclive pronunciado, até encontrar um cruzamento rodeado por várias casas. Antonio parou frente a um sobrado com portas altas e janelas estreitas. Era uma construção imponente, larga, a mansarda se estendendo por todo o andar superior. Meu acompanhante acionou a campainha e esperamos um bom tempo até que a janelinha cravada na porta fosse aberta. Depois, as chaves giraram na fechadura e os marcos da abertura emolduraram a figura de uma mulher baixa, gorda, de pele morena e idade indefinida.

— Bom dia, dona Tóia.

— Seu Antônio, já faz tempo!

— É, bastante. Ele está?

— Como sempre. Trancado lá em cima. Disse que vai alugar todo o andar de baixo, que não precisa deste espaço. Ao menos prometeu não mexer no meu quarto.

Antônio e a mulher ignoraram minha presença. Entramos e a casa me pareceu ainda maior. Depois da porta de entrada ao nível da rua, havia uma escada levando a um corredor ladeado por vitrôs coloridos que antecedia a sala de jantar.

— Vou chamar ele — disse dona Tóia.

Olhei ao redor e notei os livros. A estante cobria toda a parede esquerda da sala. Exibia edições antigas mas encadernadas, que aparentavam receber enormes cuidados.

As janelas eram tão altas quanto as portas, e a claridade chegava filtrada por cortinas claras que desciam até o chão. Pela casa circulava uma leve mistura de aroma de tabaco e cheiro de livros, reforçando a impressão peculiar do ambiente.

Antônio mantinha um riso silencioso grudado no rosto e, ao escutar os passos ecoarem pelo corredor ao final da sala, arqueou as sobrancelhas e disse baixinho:

— Aí vem ele.

— Ludwig!

— Antônio! Já faz um bom tempo!

— Nem tanto. Acho que foi há menos de três semanas na Rua da Praia.

— Desculpe. Tenho andando tão envolvido nos estudos que não vejo o tempo passar. Dona Tóia jura que semana passada esqueci de almoçar dois dias seguidos. Sinceramente, não lembro.

O homem que estendeu a mão para Antônio tinha estatura mediana, olhos claros e fundos engastados num rosto magro. As feições eram jovens e julguei que não ultrapassaria os trinta anos. Antônio me apresentou explicando o motivo de nossa visita e Ludwig deu um passo à frente, apertando minha mão com energia suficiente para desfazer a impressão de fragilidade que sua aparência delgada emitia.

— Então, gostaria de morar no Centro?

Balbuciei que não conhecia a cidade, que nunca havia ficado tanto tempo na capital. Ludwig riu e disse que era um lugar agradável, próximo de tudo que se necessita e, ao mesmo, tempo sossegado e calmo.

— À exceção dos bondes, que parecem cada vez mais barulhentos. Principalmente à noite. Mas antes das onze, para tudo.

Antônio lembrou que necessitava voltar para a repartição e Ludwig foi com ele até a porta, retornando lentamente, aproveitando para me avaliar.

— Vou te mostrar a casa.

Eu nunca tinha visto um lugar como aquele. Havia dois quartos ao longo do corredor que terminava na cozinha, o maior compartimento da casa. Além do refrigerador, fogão a lenha e fogão a gás, os demais utensílios me eram desconhecidos. A mesa no centro da peça expunha lugar para oito cadeiras e a janela era mais larga que o habitual. A porta levava a outro corredor, desta vez pequeno, com mais um quarto e, finalmente o pátio, ostentando um banco de bonde sob as árvores. Ao fundo, paredes de outras casas, muros altos e o costado de um prédio.

— O último quarto é o de dona Tóia. O resto do andar térreo fica todo para ti. Fico com o andar de cima e a cozinha é comunitária. É um bom arranjo, tu não acha? Ah, uma coisa. Dona Tóia vai continuar cuidando da casa. Tanto para mim como para ti. Dividimos o salário dela.

— E quanto custa o aluguel?

Ludwig riu e disse que eu pagasse o que podia, exceto o salário de dona Tóia, um valor divido e perfeitamente aceitável. Meu olhar saiu do pátio, foi para a cozinha pincelada de manchas brilhantes que o sol fraco daquela manhã de outono desenhava no chão e nas paredes e, sem pensar muito, disse um número. Ludwig concordou e naquele momento eu entrei para o universo sombrio em que ele vivia.

No restaurante em que almocei todos pareciam se conhecer e os fregueses chamavam os atendentes por seus nomes próprios. Deviam ser funcionários de bancos, repartições e do comércio da região. Eu me tornaria um deles, familiarizado com o lugar, com uma mesa preferida e conhecidos me cumprimentariam com a cordialidade despreocupada dos que se veem diariamente? Saí do restaurante e escolhi, entre os muitos cinemas que havia na rua abaixo, um filme para assistir. Tomei o bonde ao entardecer para voltar ao hotel. A paisagem que se perdia com a chegada da noite retornou modificada pela claridade das luzes no alto dos postes.

Entrava no hotel e, ao empurrar a porta de vidro da recepção, vi a rua do outro lado da avenida. Os caminhões estacionados formavam uma caravana sinistra. A paisagem escurecida me atraía, e um comando silencioso fez com que eu caminhasse naquela direção. Meu caminhar era apressado, consumido por uma inexplicada urgência. Alcancei a esquina e ouvi restos de música saindo dos rádios das cabines. Ela surgiu ao final da quadra, a claridade de uma lâmpada imprimindo um contorno brilhante à sua figura. Vinha na minha direção. Senti o pulso acelerando, o ar chegava dolorido aos pulmões, o gosto do medo enchendo a boca. Era a mulher que eu vira em minha primeira noite na cidade. Fiquei paralisado. O espectro se aproximava, notei o rosto coberto de maquiagem pesada, insuficiente para esconder sua palidez mortal. Julguei ouvir meu nome e tremi ao perceber o sorriso com os caninos compridos sobrepondo-se aos lábios. O vestido curto e decotado realçava suas formas abundantes, uma gargantilha escondia o pescoço. Diminuiu o passo ao cruzar por mim, o olhar fixo no meu e seguiu em frente. Continuei imóvel até um calafrio romper a inércia. Escutei o ruído de uma porta se abrindo, virei-me e a enxerguei entrando em um dos veículos. Corri de volta para o hotel, tomei o elevador e tranquei a porta do quarto. Estava molhado de suor, o corpo trêmulo. Deitei e as imagens do que passara voltaram, a angústia crescendo. Minha única vontade era deixar o hotel e nunca mais voltar para aquela parte da cidade.

Acordei ainda vestido e desmemoriado de qualquer sonho. Uma claridade nebulosa cruzava a veneziana, o barulho do trânsito confirmando o dia útil. A primeira lembrança foi a imagem da mulher sorrindo, os olhos fixos em mim, como se dividíssemos um segredo perverso. Tomei um banho, arrumei as malas, e bebi o café da manhã lamentando a vinda para Porto Alegre. Minha vida passara quase desapercebida até o momento, e não sabia se executava uma busca ou uma fuga. Me sentia em perigo, tinha medo.

Paguei a conta me despedindo silenciosamente do meu primeiro endereço na cidade. Ao sair do hotel, olhei para a rua no outro lado da avenida, aquela hora sem caminhões estacionados, as casas com as janelas abertas vivendo seu cotidiano, insensíveis ao perigo que as rondava com a chegada do pôr do sol. Eu não tinha como prevenir ninguém. O temor que a mulher me inspirava era infundado. Ninguém acreditaria nele se não o experimentasse.

Fui até a parada do bonde carregando minha bagagem com roupas e esparsas imagens de uma vida que não existia mais. A cidade deslizou através da janela gradeada exibindo sua paisagem descolorida pelo dia nublado. Chegando no centro da cidade, caminhei até a casa de Ludwig. Dona Tóia varria a calçada e não demonstrou entusiasmo com a minha chegada. Mesmo assim, ignorou meus protestos e carregou a mala para dentro da casa. Olhei novamente a construção antiga antes de entrar e escutei a voz da mulher ecoando no corredor.

— Ludwig, o moço já está aqui!

Ele esperava no meio da sala e apertou minha mão com o entusiasmo que faltava a dona Tóia. Mostrou-me o quarto e explicou o funcionamento da casa:

— Dona Tóia prepara a comida. Se tu quiser alguma coisa, é só pedir. O café da manhã está incluído no aluguel. As outras refeições são por tua conta.

Ele saiu e olhei o enorme aposento, os armários antigos, a cama ao lado da janela exibindo o quintal. Pela primeira vez, escutava os movimentos de Ludwig no andar superior. Arrumei minhas coisas e descobri estar com fome. Entrei no corredor que levava à rua, mas a voz grossa de dona Tóia me deteve.

— A chave! Ludwig pediu para entregar. A maior é da porta de entrada e a outra da caixa de correspondência.

Concordei com um gesto silencioso e saí. Quem me escreveria? A chave da caixa de correspondência era inútil.

Voltei ao único restaurante que conhecia na redondeza e tentei inutilmente identificar algum rosto que vira na vez anterior. Eu não seria um deles. Poderia almoçar todos os dias na mesma mesa e não seria reconhecido. Os garçons não me chamariam por meu nome próprio nem os outros frequentadores conversariam comigo sobre futebol. Fora sempre assim. Não havia razão para mudar. Comi e busquei um cinema com programa duplo para ocupar o restante da tarde. Retornei para minha nova casa ao anoitecer.

A penumbra e o silêncio dominavam o lugar. O barulho da rua era bloqueado pelas portas daquele universo recendendo a livros que banira a desordem e marchava com ritmo próprio, alheio aos tormentos do mundo.

— Também gostas de ficar parado no escuro?

A voz de Ludwig surgiu de um ponto indeterminado e precisei apertar os lábios para conter o susto.

— Costumo andar pela casa às escuras, como treinamento – continuou Ludwig – e consigo fazer todo o trajeto sem bater em nada.

— Treinamento para quê?

— As habilidades precisam estar sempre treinadas. Ou então deixam de ser habilidades. E existe algo pior do que desperdiçar habilidades?

A escuridão se adensava, envolvendo os objetos, criando formas peculiares, produzindo sons que apenas os habitantes daquele mundo eram capazes de distinguir. Segui Ludwig em direção à cozinha. Esbarrei num móvel, mas nada abalou o momento. Restos de claridade vindos da rua desenharam a figura magra do meu senhorio contra o vidro.

— E o pior é que às vezes a gente se prepara por nada, ou então a chance nunca aparece. Não é mesmo? A voz de Ludwig soou distante, como num sonho, e minha única reação foi perguntar:

— Pode acender a luz?

Ludwig estendeu o braço, tocou a parede e, num instante, o clarão agrediu os meus olhos. Imóvel, espreitava o pátio enegrecido como se buscasse uma verdade que somente ele conhecia e receava.

Voltei para o quarto amaldiçoando minha vida, desconfiado daquele homem de hábitos estranhos e do destino que me levara até ele. Revi a prostituta entrando no caminhão algumas noites atrás e a sensação de perigo que a cidade me transmitia voltou. Abatido, fui até a cama e adormeci. Despertei, com batidas insistentes na porta, a voz de dona Tóia chamando meu nome.

— O senhor está passando bem?

— Só estava dormindo, acho que ...

— Já faz tempo que estou batendo. Fiquei preocupada.

Havia um tom de reprovação naquela voz, como se dormir, e principalmente ter sono pesado, fosse uma indesculpável falha no caráter.

— Ludwig pediu que convidasse o senhor para jantar.

— Mas eu não comprei nada e ...

— Ele convida. Daqui a meia hora. Fica bem?

Na cozinha, encontrei Ludwig bebendo uma taça de vinho branco enquanto discursava sobre poesia e mencionava nomes de poetas que conhecia e admirava. Dona Tóia se mantinha distante, como se aguentar aquela conversa fizesse parte do trabalho. Ludwig não perguntou quanto o assunto me interessava. Falava para si mesmo, como um estudante rememorando uma lição duramente aprendida. O jantar foi simples, mas delicioso. Pela segunda vez, desde a minha chegada, lembrei de casa.

O carrilhão da sala anunciou onze horas e quebrou a ladainha de Ludwig. Dona Tóia verificou o queimador do fogão a lenha que enchera de gravetos secos. Ela o acenderia pela manhã, fazendo o calor, lentamente, se irradiar pela casa. Desejei boa noite e fui para o quarto. O frio era intenso, e um vento ruidoso se intrometia pelas janelas. Adormeci ouvindo, ao longe, o som do rádio apresentando o derradeiro noticiário de sua programação.

Acordei ouvindo a campainha de um telefone, e a violência do barulho afugentou a memória do sonho, ficando apenas a imagem da prostituta subindo no caminhão, o sorriso insinuando um convite para acompanhá-la. Levantei, e o ar gelado agrediu meu corpo. No banheiro, a água fria cortou a pele ao tocar o rosto. Pelas ruas, o vento urrava contra os prédios, fazia tremer as janelas procurando frestas nas venezianas para invadir os ambientes. Entrei na cozinha e o calor recuperou meus sentidos. Dona Tóia ofereceu café e só então me dei conta que Ludwig possuía um telefone. Que outras surpresas guardava aquela casa?

No restante da semana pouco falei com o meu senhorio. Ele passava o dia e parte da noite no andar de cima. E como não tinha o que fazer, estabeleci minha rotina.

Passei a tomar o café da manhã em um bar que descobri no meio da quadra, esquecendo o combinado no acerto do aluguel. Nas horas seguintes, perambulava pelas ruas, o olhar perseguindo bondes e ônibus, como se algum deles, por capricho, pudesse me levar a um destino seguro. Almoçava sempre no mesmo restaurante esperando ser reconhecido, o que nunca acontecia. À tarde, ia ao cinema.

Mas, ao final da semana, recebi uma notícia inesperada. Fui até a sede administrativa do banco para dar meu novo endereço. A mesma mulher me atendeu e se mostrou surpresa com minha presença.

— Mas já? O senhor já recebeu o telegrama?

— Eu não entendi.

— O que o senhor não entendeu? O telegrama?

— Eu não sei de qual telegrama a senhora fala.

— Eu mandei hoje cedo, para o endereço do hotel que o senhor deixou. Uma agência perto do mesmo hotel precisa de um funcionário e resolvemos designar o senhor. Não vai nem precisar pegar ônibus. E o gerente é uma pessoa muito boa. Foi nosso colega aqui e...

Não ouvi o resto da conversa. Saí do prédio com um envelope pardo no bolso. Carregava nele o meu destino. O sentido da minha vida nos próximos meses, o recomeço tão esperado. Mesmo assim, um vazio enorme me envolveu.

Naquela noite, encontrei Ludwig na cozinha. Mostrei minha transferência e o endereço da agência.

— Bairro Navegantes. Há uma linha de ônibus que vai te deixar em frente ao trabalho. Não é muito longe. Deve ser um lugar tranquilo, bom para começar, especialmente para quem vem do interior. Parabéns.

Ludwig parecia cansado, os olhos claros afundados no rosto magro, a expressão distante. Desejou boa-noite e sumiu pelo corredor. Dona Tóia foi mais econômica e simplesmente bateu a porta indo para o seu quarto. Olhei o pátio escurecido e pensei que logo teria uma razão para acabar com aquele arranjo. A necessidade de morar mais próximo ao trabalho seria a desculpa perfeita.

Na manhã seguinte, ao sair para o café, o frio cortando o rosto, ouvi, pela primeira vez, o jornaleiro gritar a manchete que se tornaria um aviso dentro de pouco tempo.

— Morte violenta no bairro Navegantes esta noite! Polícia esconde o cadáver!

Comprei um exemplar que li enquanto mastigava um pão com manteiga empoleirado num tamborete junto ao balcão do bar. A notícia relatava a descoberta de um corpo na avenida Farrapos. Estava em uma esquina junto ao meio fio. Aparentemente fora uma briga. Tratava-se um homem e estava muito machucado. Havia marcas de mordidas em todo o corpo e o pescoço fora dilacerado.

A polícia cobriu o cadáver e não foi possível obter fotos. Na página que continha o relato havia apenas uma imagem em preto e branco, a calçada exibindo uma mancha escura e, ao fundo, do outro lado da avenida, reconheci o hotel no qual eu me hospedara. Lembrei da prostituta e dos caminhoneiros. Ela não parecia capaz de uma coisa daquelas, e duvidava que teria força para dilacerar o pescoço de um homem a mordidas. Terminei o café e voltei para o meu quarto, a temperatura amornada pelo calor vindo do fogão a lenha na cozinha. O restante do jornal não me interessou. Por mais que folhasse suas páginas, voltava sempre ao relato da morte e a imagem opaca com o hotel ao fundo.

Almocei rapidamente e segui as instruções de Ludwig para tomar o ônibus. Desci na esquina da rua onde o cadáver fora encontrado. Em frente, no outro lado da avenida, ficava o hotel. Uma mancha amarronzada coloria as lajes naquela tarde nublada, o vento carregando sujeira através da calçada. Caminhei pela avenida e, poucas quadras distante, descobri a agência onde iria trabalhar. Atravessei a rua em busca de um ônibus para fugir dali, a paisagem me espreitando, o ar gelado soprando o aviso de que eu seria o próximo.

Ao final da semana me apresentei no meu novo posto de trabalho. Fui designado para uma carteira que controlava cheques devolvidos e encaminhava títulos para protesto. Era um trabalho solitário e, em pouco tempo, estabeleci uma rotina própria. Meu expediente terminava às cinco horas. Naquela época do ano, a tarde morria rápida, a noite avançando pelos tetos dos prédios, pelos beirais das casas. Tomava o ônibus em frente ao hotel evitando olhar para o outro lado da rua. Receava ver os caminhões estacionarem em fila junto ao meio fio, as cabinas sombreadas pela claridade dos rádios, o som das rancheiras ou o noticiário esportivo invadindo a calçada, e a mulher com o rosto carregado de pintura aproximando-se em busca de clientes.

LACERDA

LACERDA NÃO SABIA SE ESSE ERA O SEU NOME VERDADEIRO. AO MESMO tempo, não conseguia lembrar de outro. Em sua memória, vivera sempre da mesma maneira, a aparência não sofrera mudanças, a infância e a juventude inexistiam. Notava pequenas mudanças quando conseguia alguma roupa em uma lata de lixo, ou roubava de outro indigente, principalmente no inverno, ao ser recolhido para o abrigo central. Às vezes encontrava um bêbado dormindo e, se achava algo interessante, também levava. Nem todos os bêbados eram moradores de rua. Lacerda não carregava sacos ou embrulhos. Tomava banho uma vez por mês no inverno e quase todas as semanas no verão. Na maioria dos casos, servia de cobaia para escolas de cabeleireiro, onde o obrigavam a se lavar. Também não esmolava. A vida lhe ensinara que, para certas pessoas, um homem sentado no chão, ou dormindo em uma calçada, merecia um trocado. Não havia razão para se humilhar. Acostumado a comer pouco, raramente passava fome. Se bebia, procurava abrigo junto à porta de uma igreja ou de alguma fábrica. A primeira, os ladrões não procuravam, e na segunda, sempre havia policiamento. Com esses cuidados, diminuía as chances de um assalto. Apesar do seu tamanho, evitava brigas e grupos, acima de tudo os que tinham mulheres. Era onde as mortes aconteciam. As mulheres de rua normalmente eram sujas e doentes. E, para gente como eles, doença era pior que briga. Alguém sangrando era sempre levado para um hospital. Doente era evitado por todos. Na maioria das vezes, morria sozinho.

Buscava por sexo após tomar banho. Na saída das escolas de cabeleireiro, recebia umas poucas notas. Então, avaliava seu reflexo nas vitrines das lojas, esperava anoitecer e ia até a Rua Voluntários da Pátria, o lugar preferido das prostitutas mais baratas. Mas esta noite parecia especial.

A mulher que vinha em sua direção sustentava vestígios de uma beleza perdida no tempo. Vestia roupas novas, limpas. Não estava acostumado com aquele tipo. Parou ofegante na metade da quadra. Subira a rua desde o início, e caminhar longas distâncias se tornava mais difícil com o passar dos anos. Ela o imitou, a luz de um poste sombreando seu perfil, a claridade refletida na vitrine da livraria às suas costas. Lacerda avaliou novamente a imagem que, daquela distância, vislumbrava com maior nitidez. Alargara o sorriso, seus olhos estavam fixos nele. Já faziam mais de quinze dias que tomara banho e mesmo limpo, não atraía as mulheres. O certo era ir embora. Voltar à Igreja do Rosário para dormir junto à porta. Na maioria das vezes o padre servia café ao amanhecer e, se pedisse um pequeno trabalho de limpeza ou uma capina no pátio, garantiria o almoço.

Não resistiu. O sorriso prometia momentos vividos apenas em sua imaginação.

Retomou a caminhada e imediatamente ouviu o ruído de um avanço arrastado às suas costas. Virou-se, mas encontrou a rua vazia. Continuou, a fisionomia da mulher se definindo a cada passo que avançava. Notou o adorno de veludo preto ao redor do pescoço, os brincos pendendo das orelhas, a maquilagem pesada. Seus olhares se encontraram e Lacerda enxergou medo no semblante que o atraía.

O que ela estaria pensando? Nunca machucara uma mulher na vida. Estava sendo convidado, não insinuara nada para que... Ouviu novamente o som do caminhar arrastado. Voltou-se o mais rápido que pôde e, no início da quadra, distinguiu um vulto de roupa escura avançando penosamente, a cabeça balançando ao ritmo de um movimento arrastado, como se esses gestos tornassem o avanço menos custoso. Voltou a fixar a mulher, pensando no que dizer enquanto de aproximava. Com as prostitutas às quais estava acostumado era só perguntar o preço, concordar ou virar as costas. Mas com ela... Estancou subitamente e sentiu vontade de rir da sua insegurança. Era uma prostituta, mais próximo, conseguia ver com clareza. Uma prostituta muito cara para o seu bolso. Só isso. O melhor era voltar para a igreja e...

Ela estendeu a mão direita e Lacerda retrocedeu, assustado com a manobra súbita. Olhou ao redor em busca de proteção, usando a lógica da gente da rua, sempre desconfiada de qualquer tratamento que não seja excludente ou violento. O sorriso se alargou enquanto ela avançava na direção do homem alto e forte que não sabia como reagir.

— Não precisa ter medo, bem. O meu nome é Lolita. E o teu?

Lacerda não respondeu. Estava acuado contra a porta de uma lanchonete, a cortina de ferro gelando suas costas. O som do adiantar arrastados cresceu, e ele vislumbrou o espectro de roupa preta caminhar mais rápido. Lolita deslizou a mão gélida pelo rosto dele, a pele macia contra a face barbada, a textura engordurada e malcheirosa retraindo-se ante o toque perfumado.

— O que é que tu qué?

— O que tu acha? Tá com medo? Não precisa ter medo, eu...

Lolita não completou a frase. Colou seu corpo ao dele, insensível à mão tateando suas roupas, ao fedor que o homem exalava. Uma penumbra cobria sua visão e ela sentia a pele suja sem enxergá-la. Tocou a jugular do mendigo com a ponta da língua, o gosto azedo pervertendo os sentidos. Abriu a boca preparando a mordida, mas um movimento brusco da presa fez a dentada se perder nas carnes moles junto ao pescoço. Lacerda empurrou-a ao sentir dor e por mais que ela tentasse manter o abraço, foi atirada para longe, caindo junto ao meio-fio. Queria levantar, mas estava tonta, a visão desfocada. No mesmo instante, passos arrastados soaram junto dela. Enxergou o vagabundo colocar as mãos sobre os ouvidos enquanto tentava correr, o deslocamento perdendo velocidade, reduzido a um cambalear titubeante. Uma ventania inesperada acompanhava a cena, balançando as lâmpadas no alto dos postes. Lacerda parou, encarando a figura miúda e balofa à sua frente. O olhar refletiu desprezo, ele avançou, o punho fechado, mas o desconhecido ergueu a cabeça abandonando a marcha e o rosto do morador de rua crispou-se numa careta apavorada. Lolita ficou em pé, uma inesperada excitação invadindo seu corpo. Notou o andarilho trêmulo, os olhos esbugalhados, enquanto ele chegava cada vez mais perto. Não sabia quem ou o que ele era. Resignava-se a obedecer, ávida de uma sede que a água não satisfazia.

— Meu nome é Lacerda! Meu nome é Lacerda!

Lolita riu e, por um momento, Lacerda encarou-a. O semblante exibia tristeza e revolta, como se a acusasse de traição. Ela parou ainda a tempo de contemplar o último instante na vida daquele homem.

JÚLIO RICARDO DA ROSA

A resistência foi pouca. Lacerda tentou empurrar seu agressor, mas retraiu-se ao tocá-lo, a boca contorcida num esgar de asco. Então o outro, com insuspeita agilidade, agarrou-lhe o pescoço, puxou-o até a altura da boca e Lolita viu o sangue jorrar. Ela sentiu-se tonta, invadida por um prazer desconhecido, que lhe tirava o ar e arrepiava a pele. Ouviu o baque do corpo inerte contra as lajes e a marcha arrastada soaram próximos a ela. Não olhou enquanto ele se distanciava. Fixou o cadáver amontoado na calçada, o pescoço torcido em relação ao tronco, um olho sem vida contemplando a noite, a outra metade do rosto prensada contra o solo, a carne flácida deformando ainda mais o semblante inanimado. No mesmo momento, um vazio dolorido subiu-lhe pelo estômago. Resolveu voltar para casa e comer alguma coisa.

Afastou-se sem notar que Lacerda caíra com os braços abertos, um deles represando o sangue que escorria da jugular.

OS QUE CHEGAM COM A NOITE

POUCO ENCONTRAVA LUDWIG OU DONA TÓIA. ELE ACORDAVA TARDE E ELA costumava sair cedo pela manhã. Eu a imaginava indo à missa e, em seguida, ao mercado público, único lugar confiável, na concepção dela, para se comprar frutas e verduras. Substituíra minhas idas ao cinema à tarde pela noite, e assim, na maioria das vezes, terminava jantando fora. Ao voltar, escutava passos no andar superior e restos de música erudita escapando de um toca discos. O que Ludwig fazia para se sustentar? Era tão rico assim que não necessitava se preocupar com dinheiro? O aluguel que eu pagava era baixo e não me parecia que ele tivesse outra fonte de rendimentos.

Meu expediente no banco iniciava às dez horas, não havia necessidade de pressa naquelas primeiras horas do dia. Eu tomava o café da manhã no bar de sempre, ignorado pelo atendente e os fregueses daquela hora, que se chamavam pelo nome e trocavam familiaridades. No ônibus, eu tentava reconhecer o motorista, o cobrador, ou algum passageiro. Nas imagens que corriam pela janela, buscava uma cena rotineira, um rosto que se repetisse naquele horário. Nos dias de chuva o trânsito era mais lento, e eu espiava o cenário procurando a intimidade das casas; alguém acordando, uma criança que olhasse a rua através de um vidro embaçado, ou uma mulher de volta das compras, o corpo encolhido atrás de uma sombrinha que o vento insistiria em dobrar. Mas era inútil. Havia apenas imagens impessoais e a certeza de uma solidão crescente. Por isso, foi com surpresa e certo alívio, que encontrei Ludwig em frente à casa, como se estivesse à minha espera.

— Chegou mais cedo hoje?

— Não achei nenhum filme bom para ver, então...

— Tenho um convite para te fazer. Um passeio, apenas duas quadras, mas quero tua opinião sobre o assunto.

Concordei com um movimento de cabeça e caminhei ao lado do meu senhorio.

Ele perguntou como andava meu trabalho e minha adaptação à cidade. Fui evasivo, e seguimos o restante do trajeto calados. A noite chegou rápida e, ao dobramos uma esquina, Ludwig se deteve e segurou meu braço. Encarei-o e notei que sorria.

— É aqui.

Ao redor havia um bar, uma livraria no outro lado da rua, e a paisagem impessoal de prédios e pequenas lojas de sapatos e roupas. Olhei novamente para Ludwig e notei que ele fixava o chão. Uma enorme mancha escura, rodeada de respingos da mesma cor, pintava as lajes. As pupilas de Ludwig dilataram-se, fascinadas com a visão, mas no rosto, surgiu uma expressão que eu desconhecia nele e que identifiquei como medo. As luzes da rua realçavam as marcas, e os fregueses que saiam do bar nos olhavam curiosos.

— O que é isso?

— Sangue.

— E o que viemos fazer aqui? Observar sangue ressequido?

— Não tens lido os jornais?

Fiquei quieto, envergonhado em reconhecer que não lia jornais e nem mesmo possuía um rádio. Ignorando o meu silêncio, Ludwig continuou:

— Um vagabundo que vivia na rua, foi encontrado morto. O que chamou a atenção é que ele tinha o pescoço rasgado. Não degolado, mas rasgado. O homem se esvaiu em sangue.

— E aí?

— Encontraram marcas de sapato que saíam do lugar onde estava o corpo e sumiam na esquina ali em cima.

— Pode ser de quem encontrou o corpo.

— O corpo foi encontrado por uma freira da escola na outra quadra. Por isso os jornais publicaram tantos detalhes. Por isso a polícia vai dar atenção.

— Por causa de uma freira?

— E também porque é uma escola cara, somente para meninas, e alguma pressão vai haver.

— E qual é o teu interesse nisso?

— Entender o que está acontecendo.

— E o que está acontecendo?

Ludwig não respondeu. Preferiu olhar ao redor e baixar a cabeça.

— Tu trabalha na polícia?

Continuou calado, mas desta vez me encarou, os olhos acinzentados mapeando meu rosto.

— Vamos voltar. Pedi a dona Tóia algo especial para o jantar. Eu convido.

Um bonde parou na rua acima, as rodas de ferro rangendo ao deslizar sobre os trilhos.

Dona Tóia deixou a mesa pronta e retirou-se para o seu quarto. Enquanto comíamos, Ludwig relembrou ser aquele um dos pratos preferidos de seu tio, que admirava a culinária. Era um apreciador das comidas bem feitas, independente de serem refinadas, completou. Entre os seus livros havia muita coisa sobre culinária. Não cozinhava, mas queria saber como tudo era preparado.

— É um assunto que também te interessa? — perguntei.

— Não. Eu não sou um conhecedor e nem quero ser — disse Ludwig.

— E os livros?

— Quase todos os livros desta casa são meus. A maioria dos livros do meu tio, especialmente os de culinária, não me interessavam. Doei todos.

— E que tipo de livros te interessam?

Ludwig sorriu, e falou olhando para o garfo que levava à boca:

— Não és capaz de imaginar?

Só então compreendi porque ele sorrira. Nunca me vira lendo, e pela minha pergunta, nem mesmo olhara as lombadas na estante da sala. Mudou o assunto e disse que comprara uma televisão.

— O quê?

— Uma televisão. O pessoal da loja vai mandar amanhã. Os técnicos vêm fazer a montagem.

— Para que uma televisão?

— No futuro, vai ser tão importante quanto o rádio.

Não respondi. Jamais havia visto um aparelho de televisão funcionando. Após o jantar, Ludwig acendeu um charuto e esfregou as mãos junto ao fogão a lenha. Parecia satisfeito, a expressão preocupada dos primeiros momentos da noite havia sumido.

— Qual o motivo do nosso passeio de hoje?

Minha pergunta quebrou o silêncio de vários minutos, perturbando a aparente concentração de Ludwig nos movimentos internos do fogão.

— Tu não lê nem mesmo o jornal, não é?

— Não tenho lido nada ultimamente.

— Vamos até o andar de cima. Quero te mostrar umas coisas.

Ele saiu fumegando pelo corredor e, ao cruzamos a sala, pela primeira vez, tentei identificar as lombadas enfileirados junto à parede. Ludwig subiu as escadas sem acender a luz e eu aguardei a claridade surgir no topo para galgar o primeiro degrau.

O espaço era amplo, e estantes com livros cobriam seus quatro cantos. Uma escrivaninha ocupava o centro da peça. No canto da mesa, um abajur jorrava sua claridade tênue pelo chão do ambiente. Ludwig sentou-se na poltrona atrás do móvel e dispôs uma série de recortes de jornais sobre o tampo.

Eram manchetes noticiando mortes violentas acontecidas na cidade nas últimas semanas. Não prestei atenção a nenhum recorte em especial. Ludwig sugou o charuto e, olhando a fumaça subir pelo facho de claridade que escapava do centro da luminária, perguntou:

—E então, o que tu acha?

O INVERNO DO VAMPIRO

— Do quê?

— De tudo isso. Não é estranho?

— Quando leio, evito ler estas coisas. Na verdade, evito ler jornais.

— Mesmo? E se acontecer contigo? Esqueceste o nosso passeio de hoje?

Olhei novamente os jornais e desta vez prestei atenção às datas. Eram todas posteriores à minha chegada.

— Tá insinuando que eu fiz isso?

Ludwig sacudiu a cabeça.

— É a última coisa que eu ia pensar. Só estou te mostrando os recortes, e pedi a tua companhia hoje à tarde porque tu sai de noite. Quem sabe tu tem uma visão melhor que a minha sobre isso e...

O restante da frase se perdeu em nova baforada do charuto, como se ele não soubesse a maneira de continuar.

— Mas afinal, qual é o teu interesse nisto?

— Olha de novo os recortes e me diz quem vai se interessar por isso.

Eram pequenas chamadas, algumas com fotos das vítimas tiradas para documentos, outras com ilustrações dos locais dos crimes, e poucas linhas descrevendo o que fora encontrado.

— Quem vai se interessar se não a polícia?

— São acontecimentos do dia-a-dia. Sabe por que os jornais noticiaram? Porque aconteceram em zonas residenciais. Não em uma vila ou na beira do porto. Nesses lugares é comum. A polícia só vai reparar se for algo de proporções gigantescas. E aí pode ser muito tarde.

— Tarde pra quê?

Ludwig não respondeu, mais uma vez se escondendo atrás da fumaça do charuto.

O silêncio perdurou durante um tempo indefinido e Ludwig o quebrou caminhando até o móvel que ocultava uma eletrola com rádio acoplado. Ligou o aparelho e a música correu pelo ambiente. Na rua, o bonde chiava nos trilhos pela última vez naquele dia, enquanto uma chuva fina roçava a janela.

— Bom, já é tarde pra mim.

— Eu só vou esperar o último noticiário. E obrigado por me ouvir.

— É que eu não entendo o...

— A maioria das vezes eu também não entendo. E quando encontro uma explicação, fico com vontade de estar errado. Faz a vida parecer ainda mais feia.

No escuro do meu quarto, escutei o vento aumentar de intensidade, jogando a chuva contra as paredes da casa. Despertei com os rugidos dos trovões e as faíscas dos raios acompanhando a tempestade que escondia o amanhecer.

Era a primeira vez que via a cidade naquelas condições. A chuva e o vento deixavam as ruas vazias, embaçavam a paisagem, sua força capaz de encobrir o barulho dos carros e o ranger dos bondes. Tomei café olhando o vidro borrado, onde a água escorria lenta e grossa, como as recordações que a noite não dissipara.

Estava parado na porta da casa e dona Tóia apareceu com um guarda--chuva na mão.

— Assim o senhor não chega atrasado.

— Compro um hoje e devolvo.

— Não tem pressa. Aqui o que não falta é guarda-chuva.

Desci do ônibus em frente à agência do banco, os sapatos encharcados, o sobretudo ainda mais pesado, a umidade acentuando o frio.

O movimento praticamente inexistiu naquela manhã e, ao meio-dia, poucos se atreveram a sair para o almoço, os mais experientes comendo um sanduíche trazido de casa.

No momento em que a agência fechou, eu e mais quatro funcionários fomos chamados pelo gerente.

— Daqui a meia hora vem um auditor do banco. Como vocês são novos na agência, quero que expliquem suas funções e como foram instruídos. Os outros funcionários vão ser liberados.

A chuva cessou após as oito da noite. O auditor seguia verificando o movimento do dia com uma calma interminável. Eu era o único funcionário ainda presente. Meu setor ficara como o último a ser periciado. Tinha cabeça pesada, o estômago dolorido. Avisei que voltaria rápido, o tempo de comer alguma coisa. A agência àquela hora lembrava uma casa abandonada, as mesas organizadas de acordo com os hábitos dos seus ocupantes, as luzes alongando as sombras, reclamando a ausência de habitantes.

A paisagem era úmida, deserta, as poças d'água encrespando ao vento. Entrei na rua onde os caminhões se enfileiravam e notei o silêncio, quebrado apenas pelo ruído ocasional do tráfego vindo da avenida. Não havia som de rádios, nem luzes nas cabinas. Continuei até a churrascaria e comi sem a menor pressa. O salão onde jantava também estava vazio e o olhar entediado dos garçons traía seus sorrisos.

De volta à rua, notei as primeiras estrelas rasgando o céu despido de nuvens. Um arrepio gelado subiu pelos meus sapatos alfinetando as pernas, avançando até as costas. A paisagem se revelava ainda mais desolada, a claridade da avenida pendendo sobre o caminho de raras lâmpadas, as árvores reforçando as sombras. Dobrei a esquina, e na metade da quadra, saindo dentre os caminhões, o vulto hesitou um momento antes de avançar ao meu encontro. Apertei a gola do sobretudo e caminhei junto ao meio-fio, pronto para abandonar a calçada e cruzar para o outro lado, caso a aproximação continuasse. Ergui os olhos e, no momento em que os traços ficaram claros, o medo afrouxou minhas pernas.

Era ela, a prostituta de feições definidas, a maquilagem grossa estalando no rosto. Respirei fundo. Se a evitasse, tudo iria bem, mas inconscientemente, caminhei mais devagar. Escutava o barulho dos saltos batendo nas lajes, as correntes que ornavam o colo roçando umas contra as outras, refulgindo nas nesgas de claridade que algumas lâmpadas pingavam do alto dos postes. Naquele momento, o ruído de um caminhar arrastado se sobrepôs aos demais. O vento ficou mais forte e um odor estranho invadiu o ar. A paisagem continuou intacta, a não ser pela mulher se aproximando rapidamente. Tentei correr, mas uma inesperada lassidão dobrou meus movimentos, o gosto acre do medo encheu minha boca. Era uma prostitua, não havia motivo para reagir daquela forma. Que mal poderia fazer? Ou recusava o convite ou...

O pensamento ficou incompleto. Um som leve, quase uma música, surgiu no ar. Olhei para os caminhões, mas eles permaneciam escuros. Nenhum som restou e a mulher passou a avançar silenciosamente, dando a impressão de mover-se acima do solo. Ela parou a curta distância de onde eu estava, e a luz de um poste inundou sua figura. Era de pequena estatura, o cabelo negro repartido ao meio caindo sobre os ombros, o vestido justo e curto realçando as formas abundantes, a jaqueta de brim deixando ver o decote generoso. A maquilagem mal disfarçava a palidez da sua pele. As mãos tremiam, e os globos oculares ensanguentados, manchavam as íris castanhas. Segui lentamente, o medo se transformando em prazer. Queria aquela mulher. Ela me reservava algo incomum, ao qual não podia renunciar. O caminhar que roçava o chão soou novamente, mas não me importei com eles. A claridade tocou minha visão e eu parei, obedecendo a um comando emudecido. A mulher me encarou, o olhar avermelhado preso ao meu, o peito arfando, dando a impressão de que o êxtase era eminente. Naquele momento, senti uma outra presença ao meu lado.

Ele tinha o corpo balofo, a cabeça afundada na gola de um sobretudo negro que escondia suas feições, tornando-o ainda menor. Retirou as mãos dos bolsos deixando à mostra unhas sujas e compridas. A mulher emitiu um som leve, quase um uivo, e notei lágrimas descerem pelas suas bochechas. Eu assistia a tudo indiferente. O medo sumira e os acontecimentos passavam como num sonho. O homem ergueu a cabeça e nossos olhares se encontraram. O rosto era flácido, a calva enrugada revelava dobras de gordura, tocos de barba espetavam sua pele. Deu um passo a frente, esticou o braço, e tocou meu ombro. Senti o frio aumentar, a mão gelada ultrapassar as roupas e queimar a carne. O semblante desfigurou-se num sorriso, expondo a boca repleta de dentes acavalados, os caninos pontiagudos destacando-se na deformação geral. Sua mirada exibia as mesmas bolas ensanguentadas que eu vira na mulher, mas essa, prometia tormentos desconhecidos. Ele me puxou e a tênue resistência que ensaiei se desfez rapidamente. O medo agora era enorme, mas qualquer tentativa de defesa se anunciava inútil. A respiração ardeu na minha garganta, a visão se apagando lentamente. Um cheiro apodrecido impregnou o ar enquanto um mal-estar insuportável levava o que restara dos meus sentidos. Os braços caíram ao lado do corpo, pesados demais para continuarem me protegendo. Ouvi novamente o som, a quase–música que aquela criatura produzia do nada. Curvei vagarosamente a cabeça deixando o pescoço à mostra, a jugular latejando o fluxo sanguíneo.

Intuía estes movimentos, os sentidos frouxos apesar de conscientes. Naquele momento, um trovão estourou no ar fazendo o chão tremer. Perdi o equilíbrio e, num gesto intuitivo, levei os braços à frente, defendendo o rosto do choque contra as lajes. Imediatamente, o mundo voltou a existir.

Levantei e, sem pensar, empurrei a criatura que não acusou o golpe. Olhei para o lado e descobri o que acontecera.

O caminhão estacionado a poucos metros da esquina havia tombado na calçada e um ônibus estava sobre ele. Luzes pipocaram nas casas e a buzina de um dos veículos acidentados disparou. Recuei, o olhar vagando entre a criatura, a mulher, e as pessoas que chegavam para ver o acidente. Corri, esbarrando no movimento vindo na direção contrária. Queria fugir, gritar que era perigoso, que deviam se afastar, que os dois eram... Uma mistura de riso e choro brotou na minha face. Reconheci um colega acudindo na direção do acidente, os outros caminhões abrindo os vidros das cabinas, os ocupantes acordando de um sono pesado. Um trovão, seguido de um raio, martelou o céu, e a chuva reiniciou furiosa. Da esquina com a avenida, notei as luzes da agência apagadas e um guarda noturno dando voltas na calçada, a lanterna acendendo e apagando para marcar sua presença. O vento aumentou a força da chuva, rugindo contras as casas e os prédios. Parei ao deparar com a porta de vidro que guardava a recepção do hotel no qual eu me hospedara. Um único funcionário dormitava junto ao balcão, a luz do abajur próximo ao sofá lançando sombras na penumbra. Esfreguei o rosto encharcado tentando descobrir como chegara ali. Não bati, nem mesmo pensei em entrar. Voltei-me e, do outro lado da avenida, eles me observavam. Adivinhei suas expressões através da chuva, os olhares ensanguentados brilhando a cada relâmpago. Corri novamente e, uma quadra à frente, encontrei um táxi. Entrei, o motorista acelerou e eu olhei para trás. O vidro encharcado borrava a imagem. Senti-me aliviado.

Nenhuma lembrança restou daquela viagem. Percebi que estava em casa ao tocar a maçaneta da porta de entrada. Um calafrio cortou minhas costas enquanto a água vertia dos sapatos, o sobretudo pesado de chuva. Escuridão e silêncio envolviam o ambiente. No quarto, não acendi luz alguma. Tirei a roupa e deitei. Sentia a presença da mulher e da criatura, mesmo sem vê-los. Tremores gelaram meu corpo, as forças sumindo, entorpecendo os movimentos. Alquebrado, julguei em algum momento, escutar ruídos e pedaços de vozes quase audíveis, até que, finalmente, adormeci.

Acordei com o sol de outono descendo através da janela, o vento balançando a cortina. Quis levantar mas a tontura me impediu. Vestia um pijama e minhas roupas não estavam no chão. No relógio sobre o criado-mudo faltava pouco para as três horas da tarde. E o trabalho? Podia me complicar, afinal eu já saíra antes do final do serão e... as lembranças voltaram e eu fechei os olhos.

— E então, melhorou?

A voz de dona Tóia chegava da porta entreaberta. Ela estava parada com a mão na maçaneta. Pela primeira vez, desde que a conheci, um movimento próximo a um sorriso brotou em seu rosto moreno e flácido. Trazia na bandeja um copo de chá e dois comprimidos.

— É hora do remédio.

Ela estendeu a bandeja enquanto eu, apoiado em um braço, recostei-me na trave da cama e engoli as cápsulas. O chá estava morno e sem açúcar, como minha mãe costumava servir.

— O que foi que aconteceu? Por que eu não fui trabalhar hoje?

— O senhor não vai ao trabalho há mais de uma semana.

— O quê?

Dona Tóia colocou a bandeja sobre o criado-mudo e, apoiando-se no parapeito da janela, falou olhando para fora.

— O senhor esteve muito doente. Febre alta. Segundo o médico, quase uma pneumonia. Ele disse também que o senhor parecia esgotado, como se fosse um ataque dos nervos. Por isso, tudo ficou ainda mais complicado.

— Que médico?

— O da família, que Ludwig chamou.

Deitei novamente, uma tontura nauseante acompanhando as palavras de dona Tóia, o mundo perdendo o foco, as lembranças da noite chuvosa, a mulher, a...

— Calma, não precisa ficar nervoso. Já está tudo bem. O médico garantiu, e o doutor Werner não erra.

Ela saiu caminhando vagarosamente pelo corredor, o quase-sorriso estampado na face. Eu estava cansado demais para refletir, e o sono veio pesado, tragando qualquer lembrança antes que ela aflorasse.

Quando acordei era noite. A lâmpada de cabeceira sobre o criado-mudo lançava uma claridade opaca pelos cantos do quarto e, sentado em uma cadeira próxima à cama, descobri a figura magra de Ludwig, as pernas esticadas, uma mão apoiando o queixo, a expressão oculta pela penumbra.

IRMÃOS BELÍSSIMO

CABOCLO VARREU OS TOCOS DE CABELO PARA O CANTO DA PEÇA, AMON-toou-os sobre a folha de jornal e certificou-se de que o chão estava limpo. Dobrou-a cuidadosamente, levantou a tampa da lixeira e jogou fora o resumo de uma tarde de trabalho. Caminhou até a porta e contemplou a rua vazia, a escola técnica em frente enclausurada no silêncio das aulas, a avenida ruidosa na esquina, até uma golfada de vento obrigá-lo a recuar. Acendeu um cigarro e tragou lentamente, como era seu hábito. Olhou para a cadeira no fundo da sala, o espelho em frente refletindo a parede. Estava só. Era o que restara da Barbearia Irmãos Belíssimo. Primeiro foi Erno, o tremor nas mãos aumentando enquanto o aperitivo ao final da tarde no bar do Ari se alongava. Eles o mantiveram em atividade o maior tempo possível. Erno não admitia a aposentadoria. Nos últimos tempos, o único trabalho que conseguia realizar era a varredura dos cabelos. Fora ele o criador do sistema da folha de jornal. Ainda lembrava o amigo saindo no derradeiro final de tarde, as mãos escondidas nos bolsos das calças, o jornal dobrado sob o braço. Naquela noite, sua esposa, ajudada pelos vizinhos, colocou-o num táxi para levá-lo ao hospital. Morreu em oito dias, o coração e o fíga-do destruídos. Ele e Darci o visitaram, mas Erno perdera a capacidade de reconhecer o mundo ao seu redor. Decidiram mudar a barbearia de lugar, o salão substituído por uma antiga garagem. Duas cadeiras em vez de três e o movimento cada vez menor. Trocaram o nome para Barbearia Dona Margarida, apesar de não estarem mais naquela rua. Caboclo olhou para a mão direita. A mancha de vitiligo aumentava e, segundo o médico, não havia nada a fazer. Até quando teria fregueses? Mas, hoje, sua preocupação era outra. Há dois dias Darci não aparecia. Para os fregueses que perguntavam, inventou uma gripe e atendeu-os o melhor possível.

— Com este tempo maluco, o que se pode esperar?

Mas Darci havia mudado. Nas últimas semanas empalidecera, as mãos tremiam pela manhã, e ele, que mesmo no forte do inverno, usava apenas uma camisa de mangas compridas ou no máximo uma jaqueta, se tornara friorento, a gola sempre abotoada e, nos últimos dias, não tirava a manta do pescoço. Caboclo fechou lentamente as portas de garagem da barbearia, vestiu o casaco, colocou o jornal na pasta, uma navalha no bolso, e caminhou até o ponto de ônibus. No meio da quadra virou-se e olhou para o salão. Estava contente, não era a primeira vez que enfrentava dificuldades. Encontraria uma maneira para continuar. Aquele era mais que o seu trabalho, ou seu meio de sustento. Era sua maneira de viver. Se Darci, amigo de tantos anos, não queria mais trabalhar, encontraria outro barbeiro. As pessoas precisavam cortar o cabelo, ter o rosto bem escanhoado. Sua profissão era necessária. Continuaria sendo útil; a poucos ou a muitos, não tinha importância.

Os ônibus ainda não estavam lotados naquele horário e Caboclo conseguiu um lugar bem na frente. Reprimiu a vontade de fumar e mais uma vez, lembrou de Darci.

Conheceram-se durante o serviço militar. Foi o amigo quem lhe dera o apelido pelo qual era conhecido. No quartel, aprenderam o ofício de barbeiro. A princípio foram motivo de riso, mas durante aquele ano, a nova habilidade mostrou-se uma boa fonte de renda. E o mais importante, comprava regalias, acesso aos oficiais para um corte de barba, para aparar um bigode, e mesmo para um retoque no cabelo. Um desses superiores era cliente da Irmãos Belíssimo e fez a indicação. No início, o serviço foi pouco, o ganho mínimo, até Darci encontrar uma saída. Especializaram-se em trabalhar com crianças. A clientela cresceu, junto vieram alguns pais e muitas daquelas crianças eram clientes até hoje, alguns já trazendo os filhos. Olhou a paisagem cruzando a janela e pensou no quanto ela havia mudado. O bairro construído ao redor das fábricas crescera, ganhara casas de alvenaria, um clube, e alguns edifícios. Comentavam que o campo de futebol da antiga tecelagem seria vendido para a construção de novos prédios, mas ele não se interessava por essas coisas. Morava na mesma casa há quase trinta anos e não pretendia se mudar. Ficava na parte mais retirada do bairro, próxima às indústrias, passando os trilhos de trem que separavam a ala mais nova das construções iniciais. Pena Darci ter mudado.

Ele não era casado. Seu mundo sempre fora a noite, as mulheres da rua, a música e a bebida. Baixo, magro, o cabelo ainda todo preto, como se para ele o tempo houvesse parado antes dos quarenta anos. Isso até dois meses atrás. Sem um motivo visível, começara a definhar, o passado se ressarcindo da longa inanição. Caboclo esfregou a mão pelo rosto ao ver a parada chegando. Puxou a corda da campainha para dar sinal e caminhou rumo à porta. O vento atacou-o na rua e ele atravessou a avenida em direção à casa do amigo. Abriu o portão de ferro várias vezes pintado imaginando que não demoraria para dona Selma aparecer na janela da sala que dava para o pátio.

— Boa tarde, seu Caboclo.

— Boa tarde, dona Selma. Vim falar com o Darci.

— Eu não vi ele hoje. Mas eu não tenho podido ficar muito por...

Caboclo não escutou o resto da conversa. Sorriu, acendeu um cigarro, a mão em concha para proteger a chama do isqueiro e pediu licença. Ouviu a janela bater às suas costas, mas tinha certeza que a mulher magra e enrugada estava atrás da veneziana observando seus movimentos. Era uma casa de madeira antiga, bem conservada, o pátio de cimento quase todo coberto por uma parreira, e nos fundos, as duas peças que Darci habitava fazia muitos anos com um banheiro anexo. Caboclo guardou o maço de cigarros e o isqueiro no bolso do paletó, coçou o bigode fino e bateu à porta sem obter resposta. Insistiu sem resultado e terminou girando a maçaneta. A porta abriu com um rangido cortante e o cheiro de ambiente fechado o atingiu de imediato.

— Darci. Darci! Sou eu. Preciso...

Caboclo deixou a frase incompleta. A peça que servia de sala de jantar e cozinha estava revirada e manchas de sangue cortavam o chão e as paredes. Esgueirou-se entre os restos de café, erva para chimarrão, arroz e verduras já começando a apodrecer, para chegar até o quarto.

JÚLIO RICARDO DA ROSA

A luz se infiltrava pela veneziana listrando a cena e Caboclo tragou fundo o cigarro para evitar a náusea. Darci estava nu, caído ao lado da cama, os lençóis revirados, o sangue ressequido manchando o pescoço e o tórax. Caboclo se abaixou, tocou o rosto do amigo e notou que Darci respirava. Não sabia o que fazer, o nojo substituído pelo medo, as mãos tremendo, o cigarro queimando no canto da boca. Por fim, voltou para o pátio e encostou-se na árvore próxima à porta da cozinha de dona Selma. Num esforço, chamou:

— Dona Selma! Dona Selma! Ajuda! Ajuda!

A mulher apareceu imediatamente, e Caboclo imaginou há quanto tempo ela estava espiando. Amparou-o e, no mesmo momento, a tontura desapareceu.

— Preciso chamar um médico ou um táxi. O Darci tá passando mal.

— Eu vou ver e...

— Não! Um médico ou um táxi!

Ela se afastou e Caboclo só teve certeza que fora obedecido ao escutar o portão bater. Voltou para o quarto de Darci e vestiu umas calças no amigo que abriu os olhos, mas Caboclo duvidava que ele enxergasse. O corpo estava gelado, as mãos e os pés roxos. Não fosse a respiração fraca, parecia um morto. Reparou que o pescoço estava rasgado quase junto ao ombro. Havia marcas de dentadas, aparentando terem sido repetidas até que o sangue jorrasse abundante pelos ferimentos.

— Seu Caboclo! Seu Caboclo! O táxi!

Não esperou dona Selma chamar outra vez. Pediu ajuda ao motorista que, ao escutar o valor da gorjeta, praticamente carregou Darci sozinho. Caboclo pôs uma camisa sobre os ombros do ferido e, enquanto o acomodava no carro, enxergou a velha fofoqueira entrando nos aposentos dos fundos do terreno. Por pouco não sorriu, imaginando a reação dela ao que ia encontrar.

Passava das onze horas da noite quando viu a enfermeira apontá-lo para um médico. Caboclo esfregou o rosto ao lembrar que não avisara a esposa. Mas o que fazer? O telefone mais próximo de sua casa era o da farmácia no início da quadra e eles não entregavam recados. Olhou para as paredes forradas com azulejos brancos até a metade e um calafrio varou seu corpo. Deu-se conta do ar gelado, da umidade formigando os pés, do vento assobiando nas janelas que flanqueavam o corredor. Ergueu-se e apertou a mão que o médico estendera.

O INVERNO DO VAMPIRO

— Werner Otto Blumpell, muito prazer.
— E então, doutor?
— O senhor é parente?
— Eu sou amigo dele. Trabalhamos juntos há mais de vinte anos. Ele não tem parentes.
— Seu amigo perdeu uma quantidade enorme de sangue. Os ferimentos no pescoço são profundos. O senhor sabe o que aconteceu?

Caboclo falou sobre a vida de Darci, suas faltas ao trabalho e como o encontrara. O médico ajeitou o cabelo loiro e fino enquanto encarava o barbeiro.

— E o que o senhor acha? O senhor que o conhece há tanto tempo.

Caboclo sacudiu a cabeça, reprimiu o gesto que levava à carteira de cigarros, e falou com voz cansada.

— Ele nunca foi de brigas. Só se bêbado...
— De qualquer jeito ele vai ficar internado. Agora é só esperar.

O médico deu boa-noite e seguiu pelo corredor. Caboclo, sozinho e cansado, olhou fixo para uma janela que não conseguia distinguir com clareza. Por fim, acendeu um cigarro, apanhou a pasta largada sobre o banco, e rumou para casa.

Tentei sentar na cama, apoiando o peso do corpo sobre o cotovelo direito, mas a tontura voltou. Por um momento a luz de cabeceira emitiu um brilho intenso, roubando a perspectiva do mundo à minha volta. Deitei e Ludwig se moveu na cadeira. A visão retornava enquanto um misto de impotência e vergonha me dominava. Meu senhorio veio até o lado da cama, o rosto preocupado e curioso.

— Melhor?
— O que aconteceu comigo?
— Não sei.
— Mas a...

Ludwig disse que o médico recomendara descanso absoluto, acima de tudo nenhuma agitação. A febre fora muito alta.

— Que feb...

Eu estava doente há mais de uma semana. Como não apareci para o café, dona Tóia entrou no quarto. Eu delirava, o corpo varrido por um suor frio, as mãos escondendo a cabeça. Ela chamou Ludwig que telefonou para o doutor Werner. No início, o médico julgou tratar-se de pneumonia e pensou em internação. Mas quando o delírio começou, escolheu um tratamento imediato, em casa.

— Que delírio, Ludwig?

— Coisas sem sentido, como as que se diz durante um sonho. Nem lembro mais direito. Quanto ao trabalho, o doutor Werner deu um atestado. Eu entreguei para o Antônio que ficou de providenciar uma licença no banco.

— E agora?

— Agora é ficar bom e retomar a vida.

— Ludwig, não sei como vou...

— Não precisa.

Levantou-se e saiu. Que horas seriam? E qual dia da semana?

De fora vinham o barulho do tráfego e dos transeuntes circulando na calçada. Recostei a cabeça no travesseiro e a imagem da mulher de olhos avermelhados chegou imediata. Meu corpo tremeu, um suor gorduroso apareceu na testa. Neguei a lembrança me apegando à realidade do quarto, fugindo do pesadelo. A cortina balançava, a luminosidade fria penetrando através da vidraça. Era o mundo palpável, sem lugar ou explicação para os acontecimentos daquela noite. Adormeci, o corpo trêmulo ignorando o calor dos cobertores.

Despertei com o quarto escurecido pelo entardecer precoce daquele outono cada mais invernal. Um fio de claridade vinha do corredor atravessando a porta encostada. As vozes chegavam baixas, as frases perdidas na distância. Sorri ao perceber o que realmente acontecia. Nem as vozes nem a luz tinham origem no corredor, mas na cozinha. Uma delas pertencia à Ludwig, e mencionava meu nome. A outra, pouco além de um sussurro, eu não conhecia. As palavras me alcançavam soltas e somente uma era repetida várias vezes:

— O barbeiro, o barbeiro!

Era a voz desconhecida quem insistia, enquanto Ludwig conservava o tom distante, rindo em alguns momentos. Logo, os sons morreram, saltos retumbaram no corredor, a luz foi acessa e um facho brilhante invadiu meu quarto.

O homem que empurrou a maçaneta era alto, a pele sardenta, a cabeleira amarelada. Os olhos eram azuis e brilhavam mesmo na penumbra que banhava seu rosto. Por um momento, julguei experimentar uma variante do meu pesadelo, mas a presença de Ludwig me tranquilizou.

— O senhor está melhor? – perguntou o desconhecido.

Permaneci calado, sem saber como realmente me sentia.

— Desculpe, este é o doutor Werner, médico da família há muito tempo — disse Ludwig, parecendo ainda mais magro e pálido ao lado da figura corpulenta. Sua voz era quase um sussurro se comparada ao tom grave que perguntara sobre a minha saúde.

— Não sei. Acordei e...

— Acho que nós o acordamos, Ludwig. Eu é que falo muito alto. Mas o senhor me parece melhor. A febre resistiu às primeiras medicações, o senhor delirou. Os pesadelos deviam ser horríveis.

O frio voltou a penetrar nos cobertores e alfinetou meu corpo. O que eu havia dito? De que delírio o médico falava?

— E o pior é que não podíamos te ajudar. Dona Tóia contou que a tua fala não fazia sentido — disse Ludwig me encarando para avaliar o efeito de suas palavras.

— Não me lembro de nada – menti.

O médico não fez comentários enquanto avaliava o resultado do termômetro e escutava minha respiração pelo estetoscópio. Parecia cansado daquele trabalho, como se todos houvessem exagerado o tamanho do problema apesar do aviso.

— Nada de febre, e respiração normal. O pior já passou. Agora é só recuperar as forças.

Ludwig e o doutor Werner saíram. Lentamente, o cansaço me dominou. Ao acordar, a veneziana fatiava a claridade ensolarada. Me recostei na cabeceira da cama sem que nenhuma tontura aparecesse. Respirei fundo e enxerguei dona Tóia junto à porta. Ela ficou algum tempo parada em silêncio. Respondeu ao meu bom-dia sem descuidar de suas tarefas, abrindo a janela e prometendo o café da manhã.

— Eu vou levantar e...

— Acha que pode?

Fiquei em pé vagarosamente, fechando os olhos ao menor sinal de tontura. Segui até a cozinha apoiado nas paredes, o frio da manhã subindo pelos chinelos, gelando a ponta dos pés. O sol avançava pelo chão, caindo sobre parte da mesa, ajudando o fogão a lenha no aquecimento da peça. Eu vestia um pijama azul de tecido grosso que não era meu. Para falar a verdade, jamais usara pijamas.

— É do Ludwig.

Dona Tóia adivinhara meu pensamento ao me observar tocando a roupa. Teria sido ela quem havia me lavado e vestido? Mergulhei o rosto na xícara de café para esconder a vergonha enquanto a mulher se afastava.

— Se precisar de alguma coisa pode me chamar.

Precisava e muito. Precisava ir embora, esquecer tudo, fugir, quem sabe...

Lágrimas abortaram meu pensamento e apertei os lábios para conter o choro. Era algo superior a tristeza ou desespero. Era a aproximação de um mal desconhecido, um perigo enorme que não permitia escapatória.

Duas manhãs mais tarde eu me sentia curado. O médico veio para uma nova visita e autorizou caminhadas na rua. Se nenhum novo sintoma aparecesse, estaria liberado para voltar ao trabalho no início da semana. À noite, após de jantar, Ludwig me convidou para um café na chamada "sala dos livros."

Desta vez, ele acendeu as luzes durante todo o caminho apesar dos meus protestos. No aposento, havia uma novidade. Num dos cantos, abrigada em um móvel pesado, estava a televisão. Ludwig acomodara um sofá próximo do aparelho.

— Há um noticiário muito interessante daqui a pouco. É como se lessem o jornal em voz alta. É mais divertido que no rádio.

— Antes eu queria falar uma coisa contigo.

— Fala.

— Preciso pagar por tudo. O médico, quem me cuidou e...

Ludwig acendeu um charuto, sentou-se e ligou a televisão. Virou o rosto na minha direção fazendo uma careta de desprezo para aquele assunto.

— O doutor Werner vai te mandar a conta. Não precisa te preocupar. E ele não é caro. Foi médico do meu tio. Quanto aos cuidados, nos primeiros dias ele trouxe uma enfermeira. Foi ela quem te manteve limpo. Dona Tóia cuidou da medicação e eu não fiz nada.

As imagens em preto e branco preencheram o tubo e o locutor vestindo terno e gravata leu as notícias alternando o olhar das folhas à sua frente para o centro do cinescópio, como se falasse para cada telespectador em particular. Algumas notícias eram ilustradas com fotos e outras com rápidas imagens enquanto a voz ao fundo expandia as informações. Aguardei o programa terminar e insisti.

— Mesmo assim...

— O quê?

— O que eu falei durante a febre?

— Coisas sem sentido.

— As frases e as palavras ou...

Ele se levantou para desligar a televisão. Foi até a escrivaninha e voltou com recortes de jornais. Seus olhos brilhavam atrás da fumaça do charuto enquanto me passava os papéis. Eram matérias com fotos sobre o acidente. Marcas de caneta assinalavam uma silhueta ao fundo. Ludwig ajeitou-os num círculo sobre o sofá e a imagem ficou clara. Era ela. Metida entre os curiosos, fingindo buscar um espaço para ver o que acontecera. No último instantâneo, um borrão solitário estava circundado. Eu adivinhei quem era ele. Minha memória trazia de volta a figura baixa envolta no sobretudo, a gola erguida protegendo a nuca e parte do rosto. Um início de tontura se desenhou, eu abri e fechei os olhos, apoiei as mãos firmemente no encosto do sofá até a voz de Ludwig me trazer de volta.

— Tu precisa de ajuda?

— Não.

Circundei o móvel e sentei, o cheiro adocicado do tabaco provocando um leve enjoo. Ludwig apanhou os recortes, foi até a mesa e apagou o charuto no cinzeiro de vidro que ficava no centro do tampo.

— Eu sei quem ela é.

— Quem?

— A mulher.

— Pra que...

As lembranças voltaram ainda mais reais, infiltradas no universo e nos cheiros da casa. Comecei a soluçar, as lágrimas deformando minha visão. No mesmo instante, a campainha tocou e, após algum tempo, identifiquei a voz de dona Tóia. Alguém subiu a escada, me virei esfregando os olhos para clarear a visão, e deparei com o doutor Werner imóvel na entrada da sala.

JÚLIO RICARDO DA ROSA

— Então, o senhor já está recuperado!

A voz grave e um pouco rouca era uma característica que destoava de sua figura alta, os gestos lentos, estudados, as mãos fortes parecendo acompanhar o ritmo das palavras enquanto falava. Ele ignorou os restos de choro no meu rosto e perguntou sobre a minha saúde, o olhar perdido entre as lombadas dos livros.

— Nenhum outro problema?

O médico tinha uma expressão divertida, como se adivinhasse a próxima mentira.

— Ótimo – foi a resposta dele ao meu silêncio. Ludwig, que ficara junto à escrivaninha desde a entrada do doutor Werner, alcançou-lhe os recortes.

— O senhor já viu isso? E sabe do que se trata? – ele me perguntou depois examinar os papéis.

Um arrepio cortou minhas costas. Esfreguei as mãos simulando frio. O médico sentou-se no sofá.

— Precisamos da sua ajuda.

Um bonde rugiu nos trilhos, quebrando o cerco que os dois homens me faziam. Levantei, ignorando o olhar do médico.

— Eu não sei do que vocês estão falando.

— O senhor não está louco. O que o senhor viu é real!

— Eu não sei do...

— Falaste durante a febre.

A voz de Ludwig mantinha o tom habitual e o rosto não se alterou.

— Eu delirei, é só isso. Tu mesmo disse. Coisas sem sentido.

— A mulher ainda é uma vítima e o homem é o monstro responsável por tudo — disse o doutor Werner.

— Que monstro?

Ludwig se antecipou, interrompendo a conversa.

— Não se preocupe. O que nós queremos é deixar claro que não estás vendo coisas.

Eu olhava fixo para o tapete tentando ludibriar as recordações trazidas pelos recortes e reforçadas pelas perguntas daqueles homens. Não olhei mais para nenhum deles até o médico levantar-se e desejar boa-noite.

— Se não tiver mais febre e continuar bem, está liberado para o trabalho em três dias.

Acompanhei-os, aproveitando para me recolher. Queria ir embora, esquecer a casa, as pessoas, a noite de tempestade, a lembrança da mulher e da criatura que eu não conseguia definir.

Durante vários dias, não soube de Ludwig. Um sol opaco e impotente contra o frio invadia o ambiente, tornando a cozinha o lugar mais agradável da casa. Dona Tóia não fazia nenhuma refeição comigo. Variava a desculpa, sem se importar com o horário:

— É muito cedo. Não costumo comer esta hora.

Ou então:

— Já é tarde. Passou da minha hora de comer.

No segundo dia de ausência do meu senhorio, uma geada fina manchou os telhados, e próximo ao meio-dia, uma chuvinha miúda, com jeito de neve, umedeceu as calçadas.

Aguardei o rádio terminar o noticiário com uma trovoada de metais para indagar sobre Ludwig.

— Quem sabe? Não é a primeira vez que ele some. Mas deve estar bem. Notícia ruim chega logo.

Dona Tóia virou-se e desapareceu no corredor.

Meu período de convalescença terminou em uma manhã de sábado. O frio e o vento diminuíam fazendo o movimento aumentar nas ruas. Vesti o casacão e saí. Meus movimentos voltaram a ser firmes, a tontura sumira. Desci até a Rua da Praia observando os carros moverem-se lentamente. Na esquina de um cruzamento assisti o deslizar dos bondes, avancei ao enxergar o sinal barrando o tráfego e olhei os cartazes nos cinemas. Saboreava a paisagem e, se alguma lembrança insistisse em voltar, um esforço mínimo a soterraria. Perdido no tempo e no trajeto, olhei para o relógio cravado na fachada da mais antiga joalheria da cidade. Os ponteiros marcavam meio-dia. Lembrei do restaurante onde almoçara nas primeiras semanas de Porto Alegre e caminhei em direção a ele.

O movimento era menor, apesar do cardápio especial para o fim de semana. Pedi carne de porco com batatas fritas. O ambiente continuava pouco iluminado, mas o cheiro de comida misturado ao do chope tornava o lugar aconchegante, como se um calor natural emanasse das paredes.

No caminho de volta para casa, as ruas esvaziavam, as lojas fechavam, a aparência de feriado se instalando na cidade. Escolhi um filme e entrei num cinema. Voltei às ruas para encontrar o entardecer cedendo o tom avermelhado para a noite que mais uma vez se antecipava. Dona Tóia não fez observações ao me vir entrar e eu não perguntei por Ludwig. Ela serviu o jantar no horário habitual e, antes das dez horas, eu estava exausto. Pensando no trabalho que reiniciaria na segunda-feira, resolvi ir para cama. Adormeci rapidamente e não sei quantas horas depois, fui acordado pela voz de Ludwig.

— Dona Tóia! Dona Tóoiiaaa!

O barulho morreu rapidamente, mas não consegui dormir de imediato. Me senti confinado a uma sonolência que lembrava um pesadelo, misturando realidade e um sonho torturante. Percebi o frio aumentar, um vento cortante se intrometer pela janela.

Ao acordar, o ar gelara, o sussurro que eu não queria lembrar afogava minha respiração. Apertei os ouvidos com o travesseiro, mas a música insistia, fazia-se melodiosa, prometendo uma tranquilidade nunca sonhada. Levantei tonto e, ao olhar pelas frestas da veneziana, entrevi dois vultos. Eram eles. Eu tremia, mas a música se impunha. Ergui o vidro lentamente, a respiração descompassada. A música cresceu e falei sem pensar:

— Entrem, eu convido.

Girei o trinco, mas meu pulso foi agarrado com força. As pernas falharam e, na penumbra que as luzes da rua produziam, identifiquei o rosto magro de Ludwig, a outra mão agitando um frasco cujo conteúdo ele despejou sobre as lâminas da veneziana e soprou aquela espécie de pó com toda a força que era capaz. A música cessou imediatamente e um sibilar como eu nunca escutara antes zuniu pelo ambiente. Ludwig despejou o restante do frasco e soprou outra vez. O zumbido se repetiu, tornou-se um uivo até virar o rosnado de um cão furioso. Minha visão sumiu lentamente, a tontura crescendo até provocar náusea.

Ao retomar a consciência, eu estava na cama, o abajur espalhando uma claridade amarelada pelo quarto. Ludwig, em pé ao lado da janela, soprava lentamente restos de sujeira prateada amontoados entre as frestas. Olhou na minha direção, o rosto vazio, pálido, a imitação de um sorriso distorcendo os lábios. Tentei falar, mas não consegui articular som algum. Ele se aproximou da cama e sua voz soou num tom que eu desconhecia.

— Não é loucura. É verdade.

Lágrimas deformaram minha visão e um choro compulsivo fugiu pela garganta. Não sei quanto tempo aquilo durou. É possível que eu tenha adormecido. Não recordo com clareza. A visão retornava e percebi que Ludwig seguia encostado à janela, agora espiando pela veneziana uma claridade longínqua. O despertador sobre a mesa de cabeceira estava parado, a rua, silenciosa.

— Que horas são?

— Não sei.

Ele não olhara para o relógio no pulso.

— Meu relógio também parou.

O sorriso amargo voltara ao rosto, mas os olhos continuavam vigilantes. O quarto exalava um cheiro acre, como se houvessem lixado um metal há pouco tempo. Lembrei do pó que Ludwig soprara pela veneziana.

— Eles vão voltar?

— Hoje não. Falta pouco para amanhecer.

Um silêncio pesado estabeleceu-se até Ludwig falar novamente:

— Perdem o poder na luz. Ficam quase gente comum.

— Que história é essa?

Não houve resposta. Ele voltou a espiar através das frestas da veneziana enquanto o abatimento que o medo trazia mais uma vez me dominava.

Acordei com traços de sol marcando o assoalho e um cheiro de café invadindo o quarto. O sono fora agitado e a última última conversa com Ludwig não abandonara minha memória. Levantei e fui até o banheiro. O espelho imprimiu uma face de traços acentuados, olheiras fundas, a água escorregando na pele oleosa, o cabelo desgrenhado, a barba de alguns dias riscando a face. No corredor, escutei vozes abafadas e um riso constrangido. O frio cedera, e o calor do fogão a lenha envolvia a cozinha num clima morno, o brilho do dia misturando-se ao reflexo da lâmpada. No canto da mesa, Ludwig bebia café enquanto o doutor Werner amassava um cigarro sem filtro no cinzeiro de barro. Me senti ridículo enrolado no sobretudo sobre o pijama frente aqueles homens normalmente vestidos.

— Precisamos conversar — disse o médico.

— Estou me sentindo bem.

— A sua saúde está recuperada.

— O senhor acha que eu ...

Mirei Ludwig que sacudiu a cabeça, o olhar cravado em mim.

— Repito, o senhor está bem — disse novamente o doutor Werner.

Havia algo diferente em sua voz. Seria o sotaque alemão mais acentuado alongando o final de cada palavra, ou o ritmo pausado, roubando a segurança costumeira?

— O senhor não quer sentar?

Acomodei-me no outro extremo da mesa enquanto Ludwig ia até o fogão para trazer o bule de café. Colocou uma xícara à minha frente e encheu-a lentamente.

— À noite eles vão voltar — disse o médico.

— Precisamos da tua ajuda. Precisamos saber de tudo. Desde o começo — insistiu Ludwig.

— Que começo?

— Foi a primeira vez que o senhor os viu? — a voz o médico voltando a ser incisiva.

— Que vez?

— Quando me chamaram. Na noite da chuvarada.

— Eu... Eu...

Ludwig contou que eu havia gritado. Falado da mulher de olhos avermelhados e da criatura. Apesar dos remédios e injeções, meu delírio não cedia. Quando ele e o doutor Werner entenderam o que estava acontecendo, afastaram dona Tóia do quarto mentindo sobre contágio.

— Na verdade é. Mortalmente contagioso.

No olhar do médico havia temor e desconfiança, como se apenas ele, naquela sala, avaliasse corretamente o perigo que corríamos.

— O senhor teve muita sorte.

— Se eles tivessem te mordido...

— A única saída seria a morte.

— Que conversa é essa? Eu estava doente. Não sei nada sobre "eles" nenhum.

Engoli o café que caiu pesado no estômago. Ludwig falou num tom abatido:

— Vamos até lá em cima.

Ele afastou as cortinas e a claridade da manhã iluminou a peça. Era a mesma que eu conhecia. Os livros, o rádio, o aparelho de televisão parecendo vigiar o lugar como um olho maligno. A única diferença era o amontoado de livros abertos espalhados sobre a escrivaninha. O médico acendeu um cigarro e procurou o cinzeiro para colocar o fósforo queimado.

— Vampiros existem.

Ludwig falou encarando os livros, as mãos esfregando as têmporas. Apoiado no tampo da mesa senti as pernas amolecerem. Queria rir do que ouvira, mas a lembrança da noite passada e do acidente transformavam-se num calafrio. O ruído do bonde virando a esquina invadiu a sala, como um rasgo de realidade tentando se impor àquela atmosfera absurda. Acomodei-me no sofá esperando que algum deles continuasse. Mas a única resposta foi o silêncio, os olhares vagando pelas lombadas dos livros. Então o doutor Werner arriscou:

— Por impossível que pareça é verdade. Existe um vampiro em Porto Alegre. Os jornais falam em "onda de violência", em cadáveres que somem, mas eles não desaparecem. São escravos esperando a evolução.

— Que é isso?

— Ninguém sabe direito. O fato é que em alguns pontos parece uma doença.

Ludwig falou olhando para mim, como se lamentasse o que acabara de dizer.

— Vocês são loucos, ou isso é um teste?

— Estamos tentando ajudar o senhor. O senhor é um caso raro. Conseguiu escapar, ao menos por enquanto, de um destino terrível. Mas se não nos escutar, e principalmente fizer o que vamos pedir, vai descobrir do pior jeito possível, que nós estávamos certos.

O doutor Werner passou a mão de pele sardenta pelo rosto, empurrando os cabelos amarelos que haviam caído na testa. Foi Ludwig quem continuou.

— Eu sei que parece absurdo, mas é verdade. O pior é que não temos como provar. E mesmo que tivéssemos, a prova pareceria ainda mais absurda e... — a frase de Ludwig morreu incompleta.

— O que eu preciso fazer?

Falei sem pensar e, no mesmo momento, senti um alívio.

— Eles vão voltar à noite.

— "Vampiros" têm medo do sol? – forcei um sorriso que não conseguiu nascer.

— Estas criaturas enfraquecem com a luz. É uma espécie de alergia – disse o doutor Werner.

— Como vocês sabem isso?

— É uma conversa comprida para a qual não temos tempo. A noite não tarda.

— Ainda não são dez horas! Temos o dia todo!

— Apesar disso, é pouco tempo. O doutor Werner está certo.

A voz de Ludwig era hesitante, seu olhar vagava pela sala buscando um ponto de apoio.

— O que vamos fazer?

— O senhor fica aqui — disse o médico.

— Eu vou enlouquecer ficando sozinho.

— Não se enlouquece tão facilmente.

Os olhos do médico brilhavam, traindo a excitação que o rosto ocultava. Ludwig caminhou até a janela, subiu em uma cadeira, retirou da estante mais alta um volume encadernado em percalina preta e me estendeu o livro. Era maior que o normal e apesar da encadernação, as folhas eram velhas, torcidas.

— É raro. Toma cuidado. Acredito que vai explicar tudo.

Acomodei-me no sofá olhando o livro sem abri-lo. Eles saíram sem que eu percebesse. Uma linha ensolarada cruzou a sala e eu lentamente virei a capa do estranho tomo. Era um diário, repleto de uma letra clara e linear. Encolhi os braços para escapar do sol que caía sobre a página, e comecei a leitura.

PORTO ALEGRE, INVERNO DE 1941

FINALMENTE A CHUVA CESSOU. UM DIA CINZENTO, DE NUVENS BAIXAS, vento gelado crepitando a água que ainda cobre grande parte da cidade. Mas nada disso importa. Olho uma caixa flutuar na correnteza da sarjeta e penso no padre Virgílio. É como sempre me lembrarei dele. Não apenas Virgílio, meu amigo de infância, mas Padre Virgílio. Ele nos salvou com sua fé tola e, ao mesmo tempo, lúcida. E é lucidez o que mais necessito para reconstituir os acontecimentos. Talvez seja a única forma de provar minha sanidade. Como poderei encarar a vida com os mesmos olhos, temendo a repetição dos acontecimentos, procurando em cada notícia de morte no jornal ou no noticiário do rádio, o recomeço do pesadelo? E acima de tudo, com quem dividir a verdade? Como tudo começou? Escolho o encontro com Virgílio. Sem ele, esta narrativa não existiria.

Aquele período ficaria conhecido como "a grande enchente". Ninguém imaginava o que estava por vir nos primeiros dias de tempestade e, o perigo maior que cobriu seus meses de duração, ficou em segredo, conhecido somente pelas vítimas e os poucos sobreviventes do mal encoberto nas manchetes de mortes causadas pela inundação e pelas tormentas incessantes.

A chuva se incorporara à paisagem depois de alguns dias. Era noite de sábado e eu finalmente terminara a auditoria no Hospital São Miguel. O pedido de empréstimo seria negado, eu tinha certeza. Bancos não emprestam dinheiro aos necessitados. Se oferecessem o imóvel como garantia, teriam alguma chance. Mas, com os juros que eu seria obrigado a sugerir para cobertura do risco, não iriam longe.

Entreguei a chave da sala que ocupara por mais de um mês e o guarda, um veterano de origem polonesa, como a maioria dos habitantes do bairro, me encarou com um olhar entristecido, como se adivinhasse o resultado do meu trabalho.

Na saída, ergui a gola do sobretudo e abri o guarda-chuva, preparado para enfrentar as gotas geladas que inundavam a cidade. A rua deserta exibia sua face desolada, a luz dos postes escurecida pelas copas das árvores que o vento sacudia. O único ponto a emanar alguma claridade era a igreja na metade da quadra, na calçada oposta a do hospital. Continuei em direção a parada do bonde, evitando as poças d'água e o barro que germinava das raízes das árvores. Alguns metros adiante, o alagamento cobrira a passagem, escapando pelo portão gradeado de uma antiga casa de madeira, indo até o meio fio. Atravessei a rua observando a igreja. Era uma construção acanhada, com duas pequenas torres e um sino furando o telhado, protegido por uma casamata. A água circundava a construção, margeando um caminho de lajes que levava até a calçada. Junto à porta em forma de cone ovalado, a luz vinda do interior do prédio sombreava a figura de um padre, a batina aparecendo na parte inferior do sobretudo, o chapéu de feltro preto e abas arredondadas enterrado na cabeça. Tive a impressão que a figura em elipse me olhava e diminui o passo, subitamente interessado. O padre avançou e ouvi meu nome:

— Osório! Osório!

Não foi necessário distinguir suas feições com exatidão para reconhecê-lo.

— Virgílio?

Ele estendeu a mão e, por um instante, hesitei em retribuir o gesto. Como me dirigir a ele? Continuava sendo meu companheiro de escola primária, o amigo com quem frequentara o único cinema do bairro? Há quanto tempo não nos víamos? Desde alguns meses antes do meu serviço militar, o momento em que Virgílio partiu para o seminário. Sua decisão me surpreendera. Eu conhecia a religiosidade do meu amigo, mas ele nunca falar em se ordenar. Indeciso, terminei apertando a mão que escapava da manga gasta da batina e senti a magreza daqueles dedos, a fragilidade da resposta. Virgílio se aproximou revelando um rosto pálido, olheiras fundas. Um sorriso triste de dentes amarelados envelheceu ainda mais suas feições.

— O que é isso Osório? Te assusta tanto assim ter um amigo padre?

— É surpresa Virgílio. Não susto.

— Queres entrar?

— Eu, eu...

— Não precisa te preocupar. Não estou trabalhando. As missas são sempre matutinas à exceção dos finais de semana, quando também rezo uma missa ao entardecer. A comunidade não é muito grande.

Segui meu amigo e ele me pareceu menor e mais magro do que eu lembrava. A igreja era acanhada, com poucos vitrais, os bancos de madeira desgastados pelo uso, as lâmpadas laterais e do teto gotejando uma claridade amarelada que se concentrava no altar. Virgílio dobrou uma perna em frente ao relicário e enveredamos por uma abertura lateral. Ali havia uma mesa, duas cadeiras, e uma pequena estante com livros amontoados. Virgílio me ofereceu uma cadeira e aguardou que eu sentasse.

— Café?

Ele sumiu por entre uma cortina no fundo da sala e voltou com um bule queimado na base e duas xícaras de limpeza duvidosa. Acomodou-se à minha frente e sorveu lentamente a bebida como se necessitasse aproveitá-la ao máximo. Permaneci calado, lamentando ter aceito o convite.

— Moras por aqui?

Contei sobre meu trabalho no banco e a auditoria no hospital. Ele refletiu por algum tempo e sentenciou:

— O banco não vai emprestar dinheiro, ou vamos ter uma surpresa?

— Dentro das condições que encontrei vai ser difícil. O risco é muito alto. A atividade não é lucrativa.

— A vida em geral não é muito lucrativa Osório. Mas sobre isso nós não podemos fazer nada, não é mesmo?

Respondendo a própria pergunta, ele olhou para o pequeno vitral no alto da parede, através do qual um fio de umidade escorria, e falou com voz cansada.

— É muito pouco o que se pode fazer nesta vida. Por nós e por qualquer um... Mas não vamos falar nisso. Faz tanto tempo que não nos vemos! Ainda moras no bairro? E teus pais?

— Meus pais ainda moram no mesmo lugar. Eu vivo no centro. Comprei uma casa antiga que vou reformar.

— Casado?

Virgílio olhou para minha mão e não precisei responder.

— Esta é tua primeira paróquia? — perguntei.

— Não. É a segunda. Meu primeiro trabalho foi no interior. Uma zona de colonização polonesa.

— Então te enviaram ao lugar certo.

Virgílio sorriu e concordou com um movimento de cabeça.

— E tens contato com algum dos nossos antigos amigos?

— Não. Nem mesmo encontro na rua. Todos foram se afastando. Trabalho, casamento, estudo, um pouco de cada.

Virgílio bebeu mais um gole de café e seu olhar passeou pelas paredes cujos únicos adornos eram um crucifixo e um pequeno quadro representando a Santa Ceia.

— Eu gostaria de rever a todos, saber o que fizeram com suas vidas, se estão felizes com suas escolhas.

— E tu, Virgílio? Estás contente?

— Deus me escolheu para um trabalho muito especial. Às vezes duvido que eu tenha força e coragem para realizá-lo, mas é uma tarefa da qual não posso fugir. Vale toda uma vida.

— Virgílio, foi muito bom te encontrar, mas preciso ir — eu disse enquanto me levantava.

— Te acompanho até a parada do bonde.

— Não precisa, eu...

— Eu insisto.

Atravessamos a igreja, nosso caminhar ecoando no assoalho, acompanhando o ricochetear da chuva nas telhas. Virgílio encostou a porta deixando as luzes acesas.

A trilha de lajes estreitas acabava na calçada e ele se alinhou a minha direita, ignorando as poças d'água que roçavam a batina. Evitou a proteção do guarda-chuva que eu estendia enquanto um naco da aba do chapéu era lentamente encharcado. Olhava para os lados, a mão direita segurando o crucifixo caído junto ao peito, como se temesse um perigo do qual unicamente o símbolo metálico pudesse protegê-lo. Ao final da rua, paramos sob o abrigo a espera do bonde.

— Como vais voltar?

— É perto, e a chuva não é muito forte.

— Até uma próxima vez, Virgílio.

— Eu estou sempre aqui, Osório. Como amigo e como padre.

Fiquei olhando a figura descarnada afastar-se na chuva e tentei imaginar como meu amigo de infância havia se transformado naquele estranho sacerdote.

O bonde demorou o suficiente para que a sensação de frio e umidade ficasse maior. No caminho de volta a enxurrada borrou a paisagem enquanto uma avalanche de água escorria pelo vidro, as rodas de ferro produzindo um som estranho ao achatar o lamaçal amontoado sobre os trilhos.

Abri a porta de casa e tateei até encontrar a chave de luz. Nenhuma voz, nenhuma luminosidade além do ponto onde eu estava. Sorri ao lembrar de Virgílio e de sua igreja polonesa. O sono demorou a chegar e, pela primeira vez, a casa me pareceu grande e solitária.

Na manhã seguinte apresentei meu relatório ao Comitê de Crédito. Os rostos pareciam ainda mais cansados, os olhares distantes, as canetas vagando por folhas de papel espalhadas à frente de cada um dos sete membros que fingiam tomar notas. Nuvens escureciam o dia, a chuva de pingos miúdos deslizava pelas janelas envidraçadas turvando a visão das ruas abaixo. O cheiro do café misturado ao dos cigarros impregnava o ambiente de uma sensação já vivida outras vezes e cujo desfecho eu podia antever. Mas naquele dia, a resposta não foi a prevista. Fizeram perguntas além das costumeiras e prometeram me avisar qual seria a decisão. Dias mais tarde fui chamado na diretoria do banco. Um cumprimento seco, e direto ao assunto.

— Seu Osório, o senhor já trabalha conosco há vários anos. Vem sendo promovido com constância e os seus chefes acham que o senhor tem futuro dentro do banco. Por isso vou lhe confiar um trabalho especial. Decidimos conceder parte do empréstimo ao Hospital São Miguel. É uma decisão política. O comitê não aprovou mas a diretoria tem suas razões. Vamos aceitar as garantias oferecidas com a condição de que alguém do banco supervisione a compra dos equipamentos. Quem vai fazer isso é o senhor. É um trabalho ligado exclusivamente a diretoria e nem preciso dizer, confidencial.

Na semana seguinte, voltei a ocupar o cubículo anexo à administração do hospital e a indiferença no tratamento foi substituída por uma cordialidade falsa e interesseira. Apenas o respeito às minhas instruções era verdadeiro.

Durante a primeira semana, não lembrei de Virgílio. Eu descia do bonde pela manhã e encontrava a igreja aberta. Ao final da tarde, as luzes se acendiam antecipando a primeira treva. Como a maioria das casas ficavam vazias durante o dia, e só exibiam alguma claridade com a volta de seus ocupantes do trabalho, o prédio se destacava na escuridão chuvosa que o poste de luz na esquina não conseguia ameaçar.

Chegar ao trabalho era cada vez mais difícil. As ruas estavam inundadas e algumas linhas de bonde haviam sido suspensas. No centro da cidade, caminhos de tábuas amparadas por tijolos faziam as vezes de calçadas em vários pontos. Os jornais falavam de "uma enchente como Porto Alegre nunca havia visto" e reclamavam atitudes do governo. No hospital, a gripe e as doenças respiratórias cresciam, e uma noite, enquanto fechava a porta da minha sala, enxerguei Virgílio sentado em um dos bancos no corredor.

— Como vai, Virgílio?

— Osório? Pensei que...

Contei rapidamente minhas novas obrigações e o padre sorriu.

— Milagres acontecem.

— Mesmo sem querer.

— E tu? O que fazes aqui? Algum doente?

— Extrema-unção. É uma comunidade pobre. Faço este serviço também no hospital. Infelizmente nos últimos tempos...

O chamado de uma freira que surgiu na porta da sala de recuperação interrompeu a frase de Virgílio. Ele continuou me olhando sem falar nada e notei o suor grudado em seu rosto, o tremor das mãos. Após um momento, ergueu-se lentamente e desapareceu junto com a religiosa pela porta entreaberta.

Por um momento ele ainda me olhou, e notei o suor grudado em seu rosto, o tremor das mãos. Ergueu-se rapidamente desaparecendo atrás da religiosa.

Nas ruas, mais água cobrira as calçadas e novos pontos de inundação começavam a invadir os pátios das casas. Os trilhos do bonde haviam afundado e no abrigo, o vento ondulava as poças barrentas. O veículo chegou sem que eu percebesse, preocupado que estava em me equilibrar nas tábuas sobre os tijolos que impediam que a água engolisse meus sapatos, o deslizar das rodas de metal abafado pela trilha submersa. Começava a me acomodar no banco de madeira e, pela primeira vez, escutei o uivo. Um som como eu nunca ouvira antes prolongou seu rosnar através da noite. O motorneiro virou-se para me observar – o único passageiro àquela hora – antes de soltar a alavanca e arrancar.

O dia seguinte foi de muito trabalho e ainda mais chuva. Um aguaceiro cerrado, que o entardecer transformou num gotejar espesso jogado pelo vento em todas as direções.

Passava das nove horas quando fechei a porta da minha sala. As primeiras máquinas haviam chegado naquela tarde e mesmo sem ter a menor noção do que eram e para que serviam, acompanhei a descarga, conferi as notas e assinei a entrega autorizando o banco a pagar. Do corredor do hospital, observei a imagem manchada que chegava através do vidro de uma das janelas. A igreja permanecia aberta e, ao desejar boa-noite ao porteiro, ele me olhou por um instante, como se tomasse coragem antes de falar.

— O senhor é amigo do padre, seu Osório?

— Morávamos na mesma rua.

— É um sujeito estranho.

Não respondi, mas ele continuou:

— Sabe a moça que morreu ontem, no final da noite? Insistiu em velar ela na igreja, disse que vai fazer missa de corpo presente. Os pais não queriam, não tem tempo pra isso, são gente pobre, que precisa trabalhar.

Virei as costas ignorando o comentário. Na rua, a ilha iluminada em que a igreja se transformara, era uma imagem ainda mais irreal. Alguns pontos das calçadas seguiam visíveis, como uma estranha praia de lajes estragadas e muros revelando a ação do tempo. Segui adiante desviando dos alagamentos o quanto podia e, ao dar por mim, estava abrindo a porta ornada de vidros grossos que separava a entrada da nave.

A maioria das lâmpadas estava desligada. O caixão havia sido colocado próximo ao altar sobre dois pilares de madeira trabalhada com motivos religiosos. Ninguém guardava o féretro, e as velas em cima da mesa de oferendas exalavam um cheiro desconhecido que se misturava ao das flores depositadas no chão. Caminhei vagarosamente, sem saber como me portar naquele ambiente até vislumbrar a defunta. Um corpo pequeno, magro, o vestido de lã grossa transmitindo um calor já desnecessário. O mais impressionante era a enorme bandagem ao redor do pescoço. Ela descia do queixo para sumir nos botões da gola deixada aberta frente aquela deformação. O rosto arroxeara, como se a morte houvesse ocorrido com grande sofrimento.

— Ela precisa de muitas orações, Osório.

Virgílio apareceu junto à porta da sala em que eu estivera na vez anterior. Os olhos fundos denunciavam uma insônia constante, o cabelo crespo cortado rente ao crânio revelava súbitos fios brancos, a batina preta reforçando a palidez e a magreza.

— Faz muito tempo que não rezo Virgílio, acho que esqueci.

— Sempre é tempo de recomeçar. Deus nunca se esquece de nós.

— Quem sabe...

— Às vezes a provação é difícil, mas Ele jamais nos abandona.

— O que ela acha disso?

Apontei para o caixão, enquanto o rosto de Virgílio se contraia tentando evitar as lágrimas.

— A provação não é dela, mas minha Osório, eu é que falhei.

— Desculpe, eu... não queria...

Virgílio esfregou o rosto com um lenço encardido que retirara da batina enquanto caminhava na minha direção.

— A noite aqui no bairro é muito perigosa. É preciso tomar cuidado. O único lugar seguro é a igreja. Eu tenho avisado nos sermões, mas ninguém me escuta. O resultado é este — foi a vez dele apontar para o caixão — e o pior ainda não começou.

Desta vez, o rosto crispado não deteve as lágrimas, e o choro sacudiu o corpo, as mãos apertando o lenço.

— Por que isso, Virgílio? O que deixa este bairro tão perigoso?

— O diabo.

Ele arregalou os olhos fitando alternadamente a mim e ao caixão.

— E por que o diabo escolheria este bairro especificamente? Por que não toda a cidade?

— É o começo. Não consigo explicar mais nada. A única coisa que sei é que está acontecendo. O que não sei é se vou conseguir impedir que aconteça de novo. Osório, eu estou enlouquecendo. Bem devagar, mas enlouquecendo.

Um trovão interrompeu Virgílio enquanto um relâmpago clareava ainda mais a igreja.

— Preciso ir.

— Te acompanho.

— E a igreja? Vai ficar tudo sozinho?

— Ninguém mais se importa com ela — disse Virgílio apontando novamente para o cadáver — e nada vai acontecer enquanto ela estiver aqui dentro. Vou buscar o guarda-chuva.

Os ruídos das ações de Virgílio martelaram na sala ao lado, como se acompanhassem o espocar da chuva cada vez mais forte. Olhei o corpo encolhido no caixão e o medo substituiu o desconforto, as palavras do meu amigo de infância revelando uma lógica que eu não conseguia entender, mas sabia verdadeira.

Caminhamos em silêncio, nos equilibrando sobre as tábuas ajeitadas em cima de tijolos empilhados para ocupar o lugar das calçadas submersas. Os pingos batendo no guarda-chuva produziam um ruído seco, o vento urrava, dobrando as abas dos chapéus. Paramos na esquina, ao final da rua. A claridade de um poste desenhava sombras nos pedaços de laje transformados em minúsculas ilhas pela enxurrada. Um som deformado, lembrando o assobio produzido pela ventania ao roçar uma lâmina atravessou a rua. Foi o suficiente para cortar a respiração de Virgílio e contrair seus traços num espasmo. Olhei ao redor e não enxerguei nada além de casas escurecidas e ruas desertas. O ruído intrometia-se por elas, o volume modulado pela força das rajadas, parecendo vir de muito longe.

— Vai embora ligeiro Osório. É ele!

— Ele quem? — perguntei, sentindo o medo retorcer minha boca.

— Anda! Preciso voltar para a igreja.

Naquele momento o rugido do bonde alcançando a esquina se impôs ao ambiente, e as palavras de Virgílio emudeceram. Ele esperou que eu embarcasse e, retirando uma cruz prateada da batina, benzeu todo o veículo. Ignorei o olhar do motorneiro e sentei em um banco na metade do carro. Olhei novamente para a rua, mas ela agora estava deserta. Apenas o som, parecendo ainda mais metálico, ecoava na distância.

Movimentar-se na cidade requeria um esforço cada vez maior. Minha casa, construída em um ponto alto no Centro, estava até aquele momento livre da enchente. Era este o termo que os jornais e o rádio usavam. O Mercado Público, a Rua da Praia, e o prédio da Prefeitura, estavam inundados. Os bondes eram o único meio de transporte ainda capaz de cumprir seus destinos e, em muitas ruas, já circulavam canoas de madeira.

Na manhã seguinte, levei o dobro do tempo costumeiro para chegar ao hospital. Olhei para a rua e, desta vez, nem as tábuas haviam resistido. A chuva deixara à mostra somente as escadarias do hospital e da igreja. Várias casas tinham sido invadidas pela água escurecida que brotava do chão. Fiquei parado, olhando a paisagem. No mesmo instante, um bote apareceu circundando o hospital. Ele não demorou em vir na minha direção, o barulho do remo tocando o caminho submerso, a água batendo na madeira envelhecida e sem pintura.

— Bom dia, seu Osório! Ainda bem que vi o senhor. A maioria do pessoal já chegou.

Era o porteiro, vestindo a roupa costumeira, a barba por fazer, o rosto avermelhado da bebida realçando os cabelos loiros encanecidos pelo tempo. Embarquei segurando a pasta, o chapéu enterrado na cabeça, o homem falando sem parar. Ao atingimos a escadaria, olhei para a igreja na outra margem e não me contive:

— E o padre? Já fez a missa para a jovem que morreu? E quando é o enterro?

— Já fez a missa, sim. Hoje bem cedinho. Ajudei a transportar ele e os pais da moça. O pessoal do cemitério veio com uma canoa maior pra levar o caixão. Acho que não foi mais ninguém. Na missa não tinha. Também, com esse tempo e além de tudo com esta loucura do padre...

Não escutei o restante da conversa. Ao fechar a porta da minha sala, queira apenas me concentrar no trabalho.

As horas se arrastaram, os corredores emudeceram, e o único som audível era o crepitar da chuva contra os vidros das janelas que refletiam as luzes acessas para compensar a claridade opaca vinda da rua. Nenhum grito de dor ou choro invadiu minha porta. A enchente também retardava o sofrimento e a morte.

— Trouxe um almoço para o senhor. Não dá prá sair com este tempo — disse a freira que entrou na minha sala carregando uma bandeja. Passava do meio-dia.

Comi observando a rua inundada. A umidade gelava meu corpo, o zunido do vento nas árvores lembrando o som que assustara Virgílio. Acabei o almoço e voltei ao trabalho.

Olhei para fora e percebi que a noite chegara. O ruído dos carros de refeição era um som ermo vindo dos corredores. Na rua, as casas exibiam uma única peça iluminada, provavelmente a cozinha, as chaminés dos fogões a lenha gerando uma névoa fina que a umidade condensava em instantes. A igreja com todas as luzes acessas era o ponto de referência no semi-breu da paisagem. Vi o bote aproximar-se da escadaria, Virgílio fechar a porta às suas costas para depois subir no barco. O porteiro remou até o hospital e esperou o passageiro descer. O bote saiu novamente, desta vez carregando funcionários em direção ao final da rua para iniciarem seu retorno ao lar.

Arrumei minhas coisas, coloquei alguns documentos na pasta e, ao chavear a porta, ouvi a voz de Virgílio ecoar no corredor.

— Vou ficar aqui! Junto dela. Não vou deixar acontecer de novo!

Caminhei rápido, tentando evitar o rangido dos sapatos no piso de lajotas desgastadas. Não queria mais participação nas excentricidades do meu antigo colega de escola. Passei o elevador rumo à escadaria alguns metros à frente e o som invadiu o lugar. Um assobio metálico, parecendo prolongar-se indefinidamente. Alcancei a escada e desci lentamente, tateando a parede, a umidade engordurando os azulejos, gelando a minha mão.

A cada degrau vencido, uma estranha música se misturava ao timbre cortante que eu ouvira antes. Cheguei ao corredor e olhei para o lado, no ponto em que a escada continuava. Faltavam mais dois lances para alcançar o térreo. Mas ao enxergá-lo, fiquei paralisado.

Parado no meio da passagem estava um homem alto, a cabeleira branca penteada para trás, o bigode caído nos cantos da boca. Um poncho amarronzado escondia seu corpo, e a mão direita vergava um enorme serrote contra o chão. Ao soltá-lo, produzia um sibilar agudo capaz de encher o ambiente. O gesto arrastado prolongava o som, camuflando seu início e fim. Minha vontade desapareceu. Lentamente, caminhei na direção do homem enquanto ele repetia os movimentos ignorando minha presença, o olhar distante, os cabelos brilhando na claridade baça, a melodia incongruente roubando a minha vontade. Ergueu o braço e agitou o serrote no ar, distorcendo ainda mais o som, ofuscando o ronronar da chuva lá fora. Olhei para o vidro da janela e enxerguei o reflexo do serrote pairando no ar, sem ninguém para segurá-lo. Procurei o homem novamente e vi que ele me encarava. Os olhos de íris azuladas nadavam em círculos ensanguentados, o sorriso fugindo pelo bigode, deixando a mostra caninos enormes. Gritei, transpassado por um medo como jamais sentira.

Ele recolheu o braço e o poncho encobriu o serrote. Em seguida, esticou o outro braço na minha direção.

Continuei vagarosamente, o suor encharcando o meu rosto apesar do frio, mas parei ao sentir toque gelado no ombro. Ele ultrapassou minhas roupas e entorpeceu meus movimentos. Lágrimas turvaram a visão e tive consciência do fim. Um barulho soou distante, repetiu-se até quebrar o momento. Minhas pernas falharam e deslizei encostado à parede. Voltei a escutar a chuva atingindo as vidraças, o vento correndo pelas frestas, e o barulho tornou-se a voz de Virgílio. Ele estava parado, pouco distante de nós, o braço distendido, a cruz prateada na mão, o rosto tencionado, repetindo a estranha ladainha.

— O poder de Deus te afasta! O poder de Deus te afasta! O Poder de Deus te afasta!

Virgílio avançou na direção do homem empunhando a cruz. Engatinhei rumo ao padre, um choro fino sacudindo o corpo. Estendi a mão, mas ele ignorou minha presença e prosseguiu na investida.

O homem permaneceu imóvel. O reflexo da cruz tocava-lhe o rosto e a única alteração em sua aparência era o sorriso cada vez mais largo.

Ergui-me cambaleante, mas não pude continuar. Os gritos de Virgílio enfraqueciam, e conforme se aproximava do homem, a velocidade das minhas ações diminuía. Parou a alguns centímetros dele, gaguejando a ladainha cada vez mais baixo.

O homem levantou um braço e tocou o ombro de Virgílio da mesma maneira que fizera comigo. A voz do padre sumiu e a música distorcida do serrote encheu novamente o ar.

O frio aumentara, eu podia ver a fumaça arquejante seguir minha respiração. Um trovão ecoou pelo corredor enquanto um raio tornava a chuva mais forte.

Ele puxou Virgílio para junto de si e o padre tentou inutilmente gritar. Sua boca estava junto ao pescoço da presa e enxerguei os caninos despro-porcionais brilharem preparando a mordida.

Virgílio tentou empurrá-lo com gestos desajeitados que não surtiram efeito. Com um movimento inesperado, encostou a cruz no rosto do agressor que o soltou emitindo um grito dolorido. O lugar tocado pelo símbolo exibiu uma marca avermelhada de queimadura. Tonto, Virgílio apoiou-se na janela. Depois, hesitante, avançou novamente, sempre repetindo a mesma ladainha.

— O poder de Deus te afasta! O poder de Deus te afasta!

O homem recuou, a mão sobre o ferimento, o sorriso voltando ao rosto. Virgílio se aproximava gritando cada vez mais alto, na luta para sobrepor sua voz a chuva e aos trovões.

— Virgílio, vamos sair daqui! — berrei.

O padre retrocedeu, a cruz empunhada na direção oposta à minha, alternando o olhar de um extremo ao outro do corredor.

Amparei-me em seu ombro e notei um risco de sangue que escorria de sua jugular.

— Virgílio o teu pes... coço....

Não houve resposta. Ele apenas deslizou a mão pelo local ferido enquanto me encarava. Virou-se em direção ao homem e soltou um grito. Além de nós, o corredor estava deserto. Virgílio emitiu um suspiro dolorido, retirou um lenço amassado do bolso da batina e o pressionou contra o ferimento.

— Ele não pode escapar. Sei para onde foi.

Eu não conseguia acreditar no que escutava.

— Virgílio tu precisa de um médico, vou contigo até o plantão, depois chamamos a polícia. O sujeito deve ser um louco, e ainda está por aqui.

— Por que é tão difícil acreditar?

— Acreditar no quê?

— No mal.

— Que conversa é essa? Vamos sair daqui, continuamos depois do atendimento.

— Eu não vou a médico nenhum. O ferimento não tem cura.

— É um corte pequeno. No máximo um curativo e...

— Não é um corte. É uma mordida.

— E que diferença tem?

Virgílio sacudiu a cabeça, enrolou o lenço em volta do pescoço protegendo o ferimento com a ajuda do colarinho engomado da batina. Encarou-me exibindo uma expressão triste, a derrota estampada na face encovada, os olhos castanhos afundados em olheiras ressaltadas pelas sobrancelhas grossas.

— Não entendeste o que aconteceu?

Passou as mãos pelo cabelo encaracolado, apertou as laterais da cabeça e, exasperado com o meu silêncio, falou:

— Osório, ele é um vampiro. Uma das formas do mal, um disfarce do demônio.

Permaneci calado até um riso fino brotar em meus lábios. Não conseguia me controlar, apesar do esforço.

Virgílio se aproximou, apertou meus cotovelos e falou quase num sussurro:

— Eu vou morrer, Osório. O que ele me fez não tem volta. Preciso acabar com ele, senão, quando acordar da morte, estarei no pior dos infernos.

— Que história é essa, Virgílio? — balbuciei no mesmo tom usado por ele.

— Fomos atacados por um vampiro. O mesmo que já matou duas moças neste bairro.

Daquela vez, não ri. O ar gelado desaparecera. Mesmo assim, um tremor cruzou minha espinha. O corredor continuava deserto, e afora nossas vozes, o prédio silenciara.

— Eu sei para onde ele foi. Vou impedir o pior — continuou Virgílio.

Ele caminhou rápido, a batina de orlas sujas de barro serpenteando a cada movimento.

— Que conversa é essa, Virgílio?

— Vai pra casa e não volta, Osório. Não precisa acreditar no vampiro. Mas vai embora, é perigoso.

Não sabia como agir. Sentia medo, e agora, vergonha pelo choro.

— Vou contigo — disse num impulso, como se aquela fosse a única atitude possível.

— Não tem o que tu possa fazer. Vai embora, eu já disse.

— Não.

— Acreditas em Deus?

— O vampiro acredita?

— O mal sabe que vai perder.

Virgílio deu meia volta e eu o segui. O guarda-barqueiro sorriu quando nos enxergou e o padre apontou na direção da igreja.

Uma rajada de vento encrespou a lagoa na qual a rua se transformara e gotas finas de chuva gelada arderam em nossos rostos. Apenas o remador parecia indiferente a tudo, divertindo-se com sua tarefa.

— O senhor espera aqui que depois nós vamos continuar

O tom de Virgílio havia mudado, e o barqueiro concordou com um movimento de cabeça, encolhido na capa de lã cinzenta.

A claridade na igreja ofuscou nossos olhos, mas não impediu Virgílio de continuar avançando em direção a sacristia. Fez genuflexão ao lado do altar, persignou-se e entrou no quartinho que eu já conhecia. Puxou a cortina no outro extremo da sala e, da prateleira que ela escondia, retirou uma pasta de couro desbotado. Dentro, havia duas cruzes prateadas e um recipiente de vidro trabalhado cheio de água.

— Podemos ir.

Eu o seguia sem pensar. O medo acelerava a pulsação, calafrios percorriam minha espinha. A chuva aumentara, o vento zunindo contra a porta da igreja. Subimos na canoa e Virgílio ficou olhando o pequeno templo iluminado como se quisesse captar os menores detalhes da imagem, dando a impressão que se despedia dela.

A canoa roçou seu fundo na rua junto à esquina, e o porteiro, cada vez mais hábil em seu novo trabalho, girou um dos remos fazendo a embarcação navegar de lado, para descermos fora do alcance da água.

— O senhor demora, padre? Posso ficar esperando.

— Vou demorar. Preciso cuidar de um morto.

Virgílio, acomodando-se sob o guarda-chuva que eu segurava, tinha o rosto crispado por um sorriso triste. Seguimos pela rua, o rebentar dos pingos misturado ao chiado dos remos retornando ao hospital, a única lâmpada em funcionamento na quadra arrastando sombras deformadas no caminho cada vez mais acossado pela enchente.

Eu tentava acompanhar o ritmo de Virgílio sem fazer perguntas, a respiração abafada. As ruas estavam desertas, o tráfego morto. Os bondes, últimos resistentes, haviam desistido de enfrentar a enxurrada.

Não tinha noção do caminho que percorríamos. Lembrava do homem arqueando o serrote, da jovem velada na igreja, de Virgílio empunhando a cruz, e dos seus gritos que clamavam por um poder divino. As imagens se rompiam somente nos momentos em que eu tropeçava em alguma laje solta, truncando ainda mais o meu andar sonâmbulo.

Esbarrei em Virgílio e o descobri parado, os olhos fixos no amontoado de água à frente.

A massa barrenta inundava a entrada da rua, submergia mais da metade dos muros, alcançando a porta das casas. Um morro crescia no meio da quadra fazendo a enchente parecer mais profunda, o vento mais forte, a chuva mais violenta ao chocar-se com a água.

— Não dá pra continuar.

— Precisamos. O cemitério é perto daqui.

— Que cemitério, Virgílio? Ficou louco?

— Ele foi pra lá.

— O que ele vai fazer no cemitério?

— Completar sua conquista.

Virgílio não consentiu mais perguntas. Esqueceu a proteção do guarda-chuva e caminhou para a água. Ele seguia cautelosamente junto aos muros, lutando contra o alagamento. Fui ao encalço dele, pensando em insistir que tudo aquilo era loucura, que era inútil. Mas não consegui falar. A água chegou até os meus joelhos e alfinetadas de gelo me subiram pelo corpo.

Experimentava o mesmo caminhar penoso de Virgílio, a mão esquerda tateando as cercas em busca de apoio para aquele progresso às cegas. Apertei ainda mais o chapéu na cabeça e senti a aba encharcada pingar sobre o rosto. Mas um barulho me obrigou a olhar para frente.

Ainda consegui enxergar Virgílio afundando, numa queda lateral, junto com o muro no qual se apoiava, o baque misturado ao pingar da chuva ecoando pela rua deserta. Por um momento, apenas parte do braço esquerdo do padre ficou à vista. Tentei correr, mas a água me retinha, e quando alcancei Virgílio, ele apalpava a enxurrada repetindo sem parar:

— A pasta! Preciso achar a pasta!

Não ligou para minha presença ou para suas roupas encharcadas. Levantou sem ajuda, e tateou a inundação. Descobriu um volume inerte e ergueu-o depressa. Era pesado, a água escorrendo do corpo. Ao identificá-lo, atirou o cachorro morto o mais longe que pode, o grito misturando asco e medo. Esfregou as mãos ao longo do corpo ainda gritando, caminhou até um ponto banhado por um resto de claridade, e reconheceu a pasta, acomodada sobre os escombros do muro. Apertou-a conta o corpo sondando seu conteúdo e prosseguiu a caminhada.

Olhei ao redor. As casas continuavam escuras, silenciosas. Acompanhei Virgílio murmurando que éramos os únicos seres vivos naquele lugar.

Não lembro quanto durou o avanço através da água, mas ao dar por mim, eu progredia com leveza, enquanto pingos gelados continuavam salpicando meu rosto. Iniciamos a subida de um aclive e percebi que perdera o chapéu e o guarda-chuva ao longo do caminho. Procurei por Virgílio a minha frente, mas não havia luz em nenhum dos postes ao longo do caminho. Segui adiante e encontrei o padre. Segurava um lampião que ardia o resto do seu combustível deitando uma mínima claridade que identificava e entrada do cemitério. Imóvel, Virgílio confrontava o cenário como um ator inseguro de seus próximos movimentos.

Um muro de pedras descascadas circundava a entrada do terreno guardado por um portão de ferro grosso cujo tempo de construção há muito fora esquecido. Ultrapassei Virgílio e, ao tocar o metal, ele se abriu num rangido alongado. Segui pelo caminho de pedras irregulares à minha frente mas, após algum tempo, notei que estava só. Virgílio retirara o vidro da pasta e borrifava o chão com parte do seu conteúdo, murmurando sem parar. Fui até ele, perguntei se não continuaria, mas fui ignorado. O sacerdote persignou-se, atirou o recipiente para dentro da pasta e apertou a mão contra o peito, como se quisesse deter um tormento inesperado.

Na penumbra, distingui o vergão que subia pelos dedos para desaparecer sob as mangas do casaco. Virgílio me encarou, a expressão contraída misturando dor e tristeza.

— Ele me amaldiçoou! Não pude benzer o campo... não pude...

Lágrimas correram pelo seu rosto misturando-se à chuva. Um esgar dolorido vergou seus lábios. Deixou cair a pasta, esfregou os olhos com a mão ilesa, e fixou o caminho escurecido.

O cemitério prosseguia por uma alameda desnivelada alguns metros à nossa frente. Tentei retomar a caminhada, mas Virgílio continuou parado.

— Não podemos continuar. Precisamos de luz. Com o que resta neste candeeiro não vamos muito longe — disse ele.

A voz de Virgílio recuperara o tom, o rosto perdera a expressão distorcida. Somente o olhar continuava desvairado, traindo a urgência de cada movimento.

Procurou ao redor e caminhou a direita do portão, rumo a um grupo de árvores colado ao muro. Segui a réstia de claridade que ele emanava e descobri uma guarita de madeira escondida entre elas. Virgílio chutou a porta e afundou na escuridão. Remexia sem cuidado, o barulho de objetos jogados misturando-se aos ruídos da chuva. Ele voltou com um lampião a querosene e uma caixa de fósforos.

— Preciso da tua ajuda. Segura aqui.

Entrei na guarita e Virgílio me passou a lanterna. Riscou um fósforo. Foi um golpe de claridade enorme para nossos olhos acostumados à penumbra. O interior fora destruído pela água, restando apenas alguns objetos amontoados sobre uma prateleira ainda secos. Calculei ser o lugar do qual Virgílio tirara o lampião e a caixa de fósforos. Ele removeu o vidro da lanterna e aproximou a chama da mecha. Regulou cuidadosamente a intensidade da luz antes de remontar a peça.

— Conheço o guarda. Já encomendei almas aqui no entardecer — disse o meu ex-colega de escola.

Ele me olhou enquanto um sorriso triste deslizava em sua boca, por um instante recompondo a aparência desgrenhada.

— Vamos indo, rezo para não estarmos atrasados.

Virgílio foi até a pasta, retirou uma das cruzes, apertou o sobretudo molhado contra o corpo, depois me empurrou levemente para fora.

— Segura o lampião bem alto. A sepultura fica no último quadro.

Ergui a lâmpada pela alça e a claridade rasgou o caminho à frente espalhando sombras pelos lados, as árvores batidas de vento e chuva criando contornos deformados.

Uma calçada de lajes marcava o caminho guarnecido de ciprestes e túmulos. Quanto mais avançávamos, mais as sepulturas perdiam os adornos, até não passarem de amontoados de terra com uma cruz de ferro na cabeceira, o número de identificação brilhando no meio do anel do qual saíam os braços do símbolo. Virgílio tocou minhas costas e enveredamos por um intervalo entre árvores e ciprestes. Um novo lote de túmulos cobria a paisagem acidentada. Virgílio se adiantou ofuscando parcialmente a claridade. Dobrou a esquerda entre os jazigos parando ao atingirmos a parte mais alta do terreno.

Uns poucos degraus com o cimento descarnado exibindo sua ossada de tijolos conduziam a uma nova elevação. Virgílio a ignorou. Continuou até se deter em frente a uma cova. A terra, parcialmente removida, deixava à mostra partes de um caixão rachado, sem a tampa, e vazio.

Virgílio caminhou em torno do buraco enlameado, hesitou, até vir ao meu encontro, pegar o lampião e iniciar outra caminhada. Mas não avançou muito. Ela nos aguardava ao lado da escadaria.

Nenhum de nós parecia crer no que enxergava. Foi o meu amigo quem rompeu o torpor caminhando em direção à figura irreal. Empunhava o candeeiro em uma mão e a cruz na outra, os movimentos hesitantes e pesados. Eu o seguia emudecido, o suor frio colando-se à pele molhada, o tremor varrendo o corpo.

A chuva afinara, e o vento cada vez mais raivoso, arrancava folhas das árvores e ramos dos ciprestes. Após um momento, identifiquei as feições.

Tão pálida como no caixão dentro da igreja. Havia perdido o casaco azul, e a tempestade encharcara a camisa branca de tecido fino, revelando uns seios de menina. Mas era no rosto a maior transformação. O sorriso crispava a boca sussurrando uma ameaça muda, os olhos semicerrados prometiam os mais dolorosos prazeres, enquanto o cabelo colava-se ao crânio, adquirindo forma e cor indefinidas.

Minha respiração queimava na garganta, a visão perdia o foco, eu cambaleava. Foram os gritos de Virgílio que me trouxeram de volta.

— O poder de Deus te afasta! O poder de Deus te afasta! O poder de Deus te afasta!

Ela estendeu a mão, os dedos agitados num serpentear espasmódico. Então o riso alargou-se, e dois enormes caninos escaparam pelos lábios. Os gritos de Virgílio sumiram, a cruz tremeu, o braço erguendo o lampião retraiu-se, como se o peso fosse demasiado.

Fui até ele, possuído de uma inesperada coragem, tomei o lampião, e por um instante, me perguntei se o medo do escuro excedia qualquer outro. O contorno da cruz projetou-se sobre a criatura que alargou o sorriso enquanto a penumbra tocava seus olhos.

Puxei Virgílio fazendo-o recuar aos tropeções.

— Anda! A gente vai morrer! Anda!

No mesmo momento, o sibilar distorcido de um violino infernal invadiu o gotejar da chuva. Procurei ao redor e, no alto da escada, descobri o homem do hospital, o cabelo branco livre da umidade, o pala sacudindo ao vento, o braço direito vergando o serrote.

Com um safanão, Virgílio soltou o braço pelo qual eu o puxava, e retomou o lampião.

— O poder de Deus te afasta! O poder de Deus te afasta!

Imóvel, eu assistia a repetição dos gestos e palavras do hospital. O homem distendera os lábios, e agora emitia um assobio gutural, plagiando o urro do serrote num concerto enlouquecedor.

Mas aqueles sons foram morrendo, até restarem apenas os ruídos da chuva e do vento. A criatura voltou a ter um rosto de menina, e uma expressão assustada grudara-se nele. O homem recolheu o serrote e naquele momento, exibiu um semblante quase humano.

Foi Virgílio quem rompeu a trégua gritando novamente. Encostou a cruz na face da menina obrigando-a a retrair-se, a marca funda de queimadura brotando na testa.

No mesmo momento, ela segurou a garganta do padre e os caninos deformados saltaram pela boca.

Virgílio debateu-se, os gritos perderam força, a cruz rolou pelo barro.

Lentamente, ela aproximava o rosto ao do padre, a língua roçando os dentes. Ele gemeu e, num inesperado esforço, olhou na minha direção.

Avancei, apanhei a cruz enlameada e prensei-a contra o ombro da menina. Ela soltou Virgílio com um berro dolorido, recuou, o olhar furioso espelhando minhas feições. O homem arremeteu em nossa direção, as pisadas firmes castigando os degraus. Virgílio agarrou a cruz pronto para reiniciar a ladainha, mas não chegou a pronunciar nenhuma palavra. A criatura de feições quase infantis acertou-lhe uma bofetada cujo impacto o lançou sobre uma das covas de barro. A cruz afundou no lodo e eu me juntei a Virgílio. Ele rezava baixinho, gaguejando as sílabas sem conseguir terminá-las. Puxei a gola de sua batina tentando erguê-lo, no entanto o pavor me imobilizava. A adolescente monstruosa se aproximava, os olhos injetados de sangue, a respiração produzindo um guizo sibilante. O homem parara na metade da escada, e eu imaginei que ele avaliava a necessidade de intervir. Soltei Virgílio e continuei a retirada, os olhos fixos naquele ser que eu não conseguia mais definir. Senti meu calcanhar tocar uma saliência barrenta e cai sobre um túmulo. Raios iluminaram o lugar substituindo o lampião ainda aceso, sentado em uma poça de barro, a claridade limitada pela elipse na qual Virgílio se transformara. Com um único impulso ela pulou sobre mim, o hálito apodrecido roubando meu fôlego, os braços magros revelando uma força insuspeita, a boca esgaçada exibindo as presas viperinas.

O tampo de granito contra o qual me chocara expeliu um baque oco, minha cabeça tocou os pés do anjo metálico que segurava uma lança em pose de guardião daquela tumba. Meus braços cediam ante o toque gelado da criatura que forçava o rosto contra o meu pescoço. Pressenti a mordida se fechando sobre a minha jugular, mas, naquele momento, ela soltou um grito enraivecido e pulou para o lado.

Virgílio surgiu à minha frente estendendo um braço para me ajudar, o lampião realçando seus traços contorcidos. Procurei a criatura e a imagem congelou meus movimentos.

Ela tinha uma das cruzes de ferro que indicavam o número dos túmulos varando as costas, e um sangue enegrecido descia pela ferida no diafragma. Levantei vagarosamente, recusando aquela visão.

Com um gesto brusco, ela puxou a cruz, os braços voltados para trás, arrancando o metal das carnes. O homem na escada precipitou-se em nossa direção, o serrote friccionando os degraus, a vibração lembrando o sibilar da criatura.

Virgílio puxou do bolso o vidro com água benta, mas, num movimento inesperado, ela o atacou, e o pouco líquido aspergido naquele ser não produziu efeito algum. Atingido por um safanão na altura do pescoço, Virgílio rolou pelo barro.

Tentei fugir, mas cai novamente sobre o túmulo. Arrastei as costas por cima do tampo apoiado nos cotovelos até bater outra vez com a cabeça na estátua do anjo cujo pedestal cedeu. Ela girou no ar e caiu soterrando meu peito, o braço empunhando a lança erguido no ar. No mesmo momento, a criatura pulou sobre mim.

Não consegui me mover, o peso era demasiado. Fechei os olhos e senti o impacto, a estátua dobrando de peso, tornando minha respiração ainda mais difícil. Imediatamente, um lamento dolorido encheu o ar. Ao abrir os olhos, foi impossível deter o grito.

Estava dobrada sobre o anjo, a lança transpassando o peito. O sangue pingava do nariz e da boca, os olhos arregalados num espasmo dolorido. Olhei ao redor e vi o homem recuar, sumindo na escuridão. Gritei várias vezes por Virgílio até ele aparecer empunhando o lampião. Ao vê-lo, gritei novamente.

Ficou parado, o olhar fixo no corpo imóvel. Balbuciou palavras incompreensíveis, persignou-se, e por fim, estendeu o sinal da cruz sobre nós. Depois, como se despertasse de um transe, ajeitou o lampião em cima túmulo e ergueu levemente o anjo, apenas o suficiente para que eu me movimentasse, evitando contato com a figura inerte presa a estátua.

Apanhei o candeeiro e o aproximei do ferimento nas costas da jovem no ponto em que a lança escapava. A chuva limpara o sangue e a extremidade pontiaguda exibia a forma de um triângulo. Toquei-a levemente. Era prata. Aproximei ainda mais a luz e, através do tecido rasgado, observei o corte na carne. Parecia mais uma queimadura, tamanho o inchaço produzido.

— Precisamos enterrá-la.

Surpreso, encarei Virgílio.

— Vamos embora daqui! Matamos uma pessoa! Alguém pode aparecer!

— Matamos uma vampira! Uma escrava do demônio! Não existe crime!

Ignorei aquela história e comecei a me afastar. Só então notei o querosene baixo. A claridade não duraria muito.

— Ligeiro, Virgílio! A luz vai terminar!

— Precisamos enterrá-la.

— Deixa de ser louco! Ela morreu, está tudo acabado!

— Não posso deixar o corpo assim. O que vão dizer os pais se virem a filha desse jeito?

Virgílio esperou uma resposta que não veio. Pendurei o lampião em uma das hastes da cruz que pairava sobre o túmulo e nos aproximamos do cadáver. Estava rígido, a aparência frágil revelando um peso inesperado. Ergui o corpo pelos pés e Virgílio o segurou pelos sovacos. Com um puxão o arrancamos da lança e, trôpegos, fomos até a sepultura revirada. Notei que a marca da cruz no rosto havia desaparecido. Somente o ferimento causado pela lança prateada permanecia, a tumefação parecendo maior. Acomodamos a morta no barro e afastamos a tampa do caixão o máximo possível. Rolamos a morta para dentro dele e fechamos a cova. Virgílio correu de volta ao túmulo para buscar o lampião e retornou iluminando o caminho, avaliando o serviço feito praticamente no escuro. Nossas roupas estavam imundas, as mãos exibiam a cor da terra.

— Agora ela vai descansar com Deus. Agora ela está em paz — disse ele persignando-se e fazendo o sinal da cruz no ar.

— Vamos indo, Virgílio, o querosene está acabando.

A claridade do lampião foi perdendo força e quando chegamos ao caminho de ciprestes, a chama havia desaparecido.

Tateamos as árvores no escuro em busca de orientação avaliando o terreno. Arremessei o lampião para longe, e o barulho da queda foi amortecido pelo solo lamacento. Perdi a noção do tempo, as imagens da jovem e do homem despontando na minha frente, corporificando o medo que a escuridão reforçava.

O vento uivou mais forte e um ponto iluminado surgiu distante. Para nossos olhos habituados a escuridão, foi o suficiente. Distingui um portão de ferro, um declive acentuado, uma cerca de arame por onde se metiam os ciprestes. Adiantando-se, Virgílio falou com voz cansada:

— Este é o outro lado do cemitério. Caminhamos na direção errada.

Não enxergava as feições de Virgílio, abafadas pela noite, mas o tom embargado das palavras era suficiente.

— Vamos tentar sair por aqui mesmo!

— Não conheço esta parte direito.

— Não tem como voltar!

Empurrei o portão, mas ele estava trancado. Meti-me entre a sebe até achar uma folga no arame. Trombei em fios soltos e acabei desabando na rua.

Escutei ruídos no arvoredo e logo Virgílio se arrastava ao meu lado. Ajudei-o a levantar e, ao erguer a cabeça, notei um ponto de luz menos distante, dando a impressão de mover-se. Parados, observamos seu deslocamento vagaroso. Não sei quanto durou a espera, nem percebi o tropel até ele estar quase ao nosso lado.

Lentamente, a claridade aumentou, refletindo o chuvisqueiro grosso, o roçar dos cascos misturado ao chocalhar de vidros, a respiração arquejante do animal fumaçando na penumbra.

— Padre, é o senhor?

Virgílio levou algum tempo para responder; como eu, ele parecia não saber direito o que se passava.

— Ladislau?

A fala de Virgílio me trouxe de volta, e finalmente enxerguei a carroça do leiteiro, o enorme lampião balançando junto ao teto.

— Padre, o que aconteceu? E este barro todo?

— Foi uma urgência aqui no cemitério. Nosso candeeiro apagou, nos perdemos e terminamos neste estado.

O leiteiro me avaliava desconfiado e notei que uma de suas mãos soltava as rédeas e movia-se para baixo do assento.

— Este é o doutor Osório, contador do hospital. É um amigo de infância que veio me ajudar.

A explicação do padre fez as mãos do leiteiro voltarem à posição normal e ele executou uma saudação muda com a cabeça.

— O senhor quer uma carona? Ainda tenho umas entregas pra fazer, mas depois deixo o senhor e o seu amigo na igreja. A maioria das casas tá vazia. É esta enchente. Que inferno!

Virgílio sentou-se ao lado do carroceiro e eu me acomodei entre os engradados, o odor dos restos de leite nas garrafas azedando o ar. A conversa à minha frente distanciou-se cada vez mais, até movimentos bruscos me despertarem e um amanhecer cinzento exibir o hospital a poucas quadras.

Descemos no início da rua, o chuvisqueiro embaçando o reflexo das poças d'água enquanto a chuva engrossava.

Minhas pernas estavam dormentes, o corpo dolorido da viagem. Caminhei apoiado no ombro de Virgílio, o leiteiro me observando enquanto escutava os agradecimentos do padre.

Avançamos em silêncio, os ruídos da carroça acompanhando, o espocar da chuva cada vez mais forte. Chegamos à beirada da água que ilhava a rua e o som dos remos mergulhando na água, por alguns momentos, superou os demais.

— Bom dia, eu...

O porteiro nos encarou sem completar a frase. Sentado na canoa, a capa de chuva escondendo o corpo, o chapéu enterrado na testa, ele contemplava o nosso estado.

— Na igreja, padre?

— Por favor.

Virgílio empurrou a porta com o ombro e ela rangeu. O cansaço descera sobre nós, tremores cresciam pelo meu corpo. Virgílio ajoelhou-se para rezar. Sentei no banco ao lado e adormeci. Acordei ao sentir os puxões no ombro. Meu amigo usava uma batina limpa, tinha o rosto barbeado, o cabelo esticado junto ao crânio.

— Vem, Osório. Não podes ficar assim.

Atravessamos o quartinho que eu já conhecia e seguimos por um corredor escuro até chegarmos a uma enorme cozinha com um fogão a lenha expelindo calor, as chaleiras suando água quente. Sobre a mesa, uma bacia fumegava o odor de sabonete.

— Fica à vontade. Depois deixa a roupa sobre o banco.

A quentura do ambiente deteve a tremedeira. Deixei as roupas molhadas caírem no assoalho e me lavei, desejando que a tepidez do líquido limpasse minhas lembranças e me levasse de volta para o mundo que eu conhecia. Enquanto me secava, sentei em uma cadeira instalada junto ao fogão e acabei adormecendo enrolado em uma toalha.

Acordei ouvindo um idioma desconhecido. Minhas roupas estavam esticadas sobre a mesa, tão limpas quanto possível sem terem sido lavadas. Enquanto me erguia Virgílio abriu a porta, o rosto contraído, a voz alterada.

— Vamos comer.

As bacias haviam desaparecido, e sobre a outra metade da mesa, estavam um bule com café, uma caneca com leite, duas xícaras e um bolo assado há pouco tempo. Vesti-me e comemos em silêncio. Foi Virgílio quem falou primeiro:

— Ainda bem que tenho uma pessoa que me ajuda com as coisas da casa três vezes por semana. E por sorte, hoje era dia.

— Era com ela que falavas?

— Ela é polonesa. É mãe da...

Virgílio não completou a frase. Cobriu o rosto com as mãos, tentando esconder os olhos vermelhos, a voz embargada.

— Preciso achar o lugar onde ele repousa.

— Ele quem?

— O vampiro.

— Que conversa é esta? Vampiros não exis...

— E tudo o que aconteceu na noite passada?!

— O que se pode fazer? — falei mirando o assoalho, querendo, sem conseguir, negar as lembranças.

— Eles evitam sair durante o dia. Ficam desprotegidos. Não mantêm nenhum poder especial. Precisam de abrigo, de um lugar onde não sejam notados, precisam aprender.

— Aprender o quê?

— O vampiro passa a existir depois da morte. Necessita aprender tudo. Não tem memória passada.

— Isso é loucura.

— Não é. Já vi acontecer antes.

Por algum tempo os únicos ruídos que se ouviram foram os da mastigação acompanhada de goles de café e os da chuva, que seguia incansável, soterrando a cidade em águas barrentas. Virgílio se ergueu, colocou uma acha de lenha no fogo e as palavras ecoaram pausadas, o olhar fixo na parede.

— No seminário, um dos noviços. Foi como uma doença. Atacou seis pessoas antes que o superior o pegasse. É o demônio Osório... é o demônio...

Um choro mudo contorceu as feições do padre e duas lágrimas grossas escorreram até sua boca.

— Por que eu? Por que Deus me colocou esta prova?

— Não acabaste de dizer que era o demônio?

Virgílio me olhou furioso, o rosto úmido, depois falou com voz trêmula:

— Não acreditas, Osório? Achas que estaríamos vivos sem a ajuda de Deus? Não viste como eles temem os símbolos d'Ele?

— Não são os símbolos. É a prata! Eles são sensíveis a prata.

— Que loucura é essa? Eles temem o bem, o Divino, o Princípio Cria...

— Tanto no hospital como no cemitério foi o contato com a prata que o espantou. A moça morreu quando foi atingida pela lança de prata. A visão da cruz, não resultou em nada. É algo que não entendo e não acredito. Mas foi assim que aconteceu.

Virgílio não respondeu. Puxou o rosário do bolso da batina e começou a rezar de olhos fechados.

— Como foi no seminário? Como o superior o matou?

Virgílio continuou a prece ignorando minha pergunta. Mas, subitamente, abriu os olhos e me encarou, falando com voz abafada:

— Ele me amaldiçoou — disse o padre esfregando o pescoço — se eu não o matar vou me tornar um escravo, como a menina. E aí, só a morte vai me libertar.

Foi minha vez de permanecer em silêncio. Virgílio retornou as suas orações até interrompê-las com um grito.

— Eu sei onde ele descansa.

— Onde?

— No hospital.

— É impossível, alguém já teria descoberto. Algo já...

— Não. Há um lugar onde ele pode impor a presença sem chamar a atenção.

— Como podes ter certeza?

— Foi assim no seminário.

— O que foi assim? O que aconteceu no seminário?

— Preciso encontrar ele antes do anoitecer.

Ergueu-se, vestiu o sobretudo e, num gesto automático, procurou o chapéu, esquecendo que o perdera na noite passada.

— Vai para casa, Osório. Eu não posso...

Saiu pela porta sem completar a frase. Segui-o, mas parei ao vê-lo ajoelhado em frente ao altar. Levantou-se depois de alguns minutos, retirou a cruz de um pedestal, apanhou o frasco de água benta e guardou-os cuidadosamente no bolso do sobretudo.

— O que vais fazer, Virgílio?

— Vou até o hospital acabar com tudo de uma vez.

— A cruz não vai adiantar.

— Eu tenho fé.

— É necessário prata!

Virgílio abriu a gaveta da mesa de oferendas e apanhou uma espátula com o cabo em forma de coração envolto em espinhos.

— É uma relíquia. Veio da Polônia, pertenceu a uma ordem de monges do início do século. É prata pura.

Na porta da igreja, não foi preciso acenar. A canoa chegou rápida, os remos deslizando pela água.

— Não tem quase ninguém trabalhando. Apareceram só dois médicos e uns enfermeiros – disse o barqueiro.

— Que bom. Uma boa notícia mesmo — respondeu Virgílio.

Entramos e o barco deslizou até a escadaria do hospital. O amanhecer aparentava não ter chegado tamanha a escuridão daquela hora. A chuva fina engrossara, o vento crescia.

Minhas roupas guardavam o calor da secagem, as marcas de barro restantes partindo-se ao menor movimento. Atravessamos a recepção deserta indo até o final do corredor que tinha a maioria das lâmpadas queimadas. Ao invés de dobrar para a escadaria, Virgílio abriu a enorme porta de vidro canelado a nossa frente e prosseguiu por um caminho ainda mais escuro, até avistarmos uma rampa parcialmente submersa. Virou a direita apoiando-se na parede até encontrar uma maçaneta. A porta se abriu enquanto um sombreamento escurecido contornava a sala. Virgílio apalpou o marco interior da porta e uma luz murcha apareceu no teto. A peça era uma espécie de depósito para colchões e cobertores que estavam amontoados ao longo do assoalho. No extremo oposto da sala, uma fileira deles escondia a parede. Virgílio empunhou a cruz e caminhou lentamente.

— Que lugar é esse?

— Muitos indigentes esperam aqui por um quarto. E, no inverno, eu e as irmãs abrigamos gente da rua para passarem a noite.

Ele estava próximo à fila de colchões e antes de tocá-los, persignou-se. Empurrou-os lentamente, a sombra da cruz marcando um a um no momento da queda. Não foi preciso muito esforço. Como se explodisse, o amontoado se abriu revelando a criatura. Virgílio avançou, os olhos semicerrados, murmurando uma oração indecifrável. O reflexo da cruz desceu sobre o homem sem conseguir detê-lo. Continuei imóvel, o medo sacudindo o corpo, o suor umedecendo novamente as minhas roupas.

Ele atingiu Virgílio com um tapa e a cruz foi arremessada para longe. O padre rolou pelo chão parando aos meus pés. Nos encaramos e percebi uma diferença. O homem continuava muito forte, mas perdera o brilho intenso do olhar, o poder de atração. Ao erguer Virgílio notei a espátula caída no chão. A criatura saltou em nossa direção, os caninos pontudos escapando pela boca num sorriso aterrador. Escorreguei, caindo em cima dos colchões, mas ele me ignorou. Estava sobre Virgílio, a boca arreganhada, rosnando como um cão pronto para morder. O padre se debatia, as palavras incompletas misturando-se aos gritos apavorados até um lamento dolorido silenciar tudo. No mesmo instante, aquele ser terrível me encarou. A boca estava inundada de sangue, os olhos injetados denunciando um êxtase raivoso. Virgílio desmaiara, o pescoço exibindo as marcas das mordidas. Com um movimento rápido, ele agarrou meu tornozelo.

Resisti ao puxão e ele aumentou a força. Acertei um pontapé em seu braço e consegui me soltar. Tentei fugir engatinhando, mas acabei próximo a Virgílio, agora sacudido por espasmos seguidos de um balbuciar incompreensível. Levantei-me e fui novamente puxado, desta vez pela cabeça. Caído, ainda pude ver as feições distorcidas baixarem sobre mim.

Soquei o ar, a criatura apertando minha garganta e senti a visão nublada por pontos escuros, o hálito fétido mais próximo, o rugido furioso apagando qualquer outro som. Eu arranhava os colchões me debatendo em desespero. Meus sentidos se esvaíam. Naquele momento, toquei uma forma gelada que empunhei instintivamente. Sem raciocinar, vibrei um golpe e atingi as costas da criatura. O rosnado dobrou, agora misturando raiva e dor. Sem notar, repeti o movimento várias vezes. A pressão na garganta crescia, o desmaio se aproximando. Juntei minhas forças e vibrei um último golpe.

Um lamento substituiu o urro, e quando meus braços caíram sem força, cedendo toda a resistência, o ar voltou aos pulmões, trazendo lentamente a visão plena. Quis levantar, mas a tontura me impediu. Olhei para o lado e vi o homem em pé. Um grito se perdeu em minha garganta.

Ele tinha a espátula cravada no pescoço, o poncho repleto de marcas de sangue, as feições deformadas. Gritou ao tocar a lâmina, mas num esforço, conseguiu extraí-la. Um sangue escurecido purgava do ferimento transtornando ainda mais a fisionomia do ser cuja identidade eu não conseguia definir, mas recusava chamar de vampiro. Cambaleante, o grunhido varando o ar, ele procurou a saída. Virgílio debateu-se, o braço estendido em direção a espátula ensanguentada. Agarrei-a e, ignorando a tontura, levantei. Minha visão demorou a encontrar o foco e, ao normalizar-se, percebi que era tarde. A criatura desaparecera.

Virgílio agitou os braços e a cabeça, mostrou a porta, tentou falar, mas a voz se perdeu, e golfadas de sangue escorreram da boca e do ferimento. Ao sentir minha aproximação, repetiu os gestos.

Um resto de claridade sombreava o corredor e a rampa. O vento agitava a água, criando o vai e vem de uma grotesca maré. O lugar, até onde eu conseguia ver, estava deserto. Caminhei tateando a parede. A chuva aumentara, cuspindo gotas espessas contra as janelas, o vento zunindo pelas frestas. Girei a maçaneta e a porta de vidro se abriu com a leveza anunciada por seu peso reduzido. A claridade do corredor à frente penetrou pela abertura cravando sombras distorcidas no chão e nas paredes. Segui adiante vasculhando o caminho agora iluminado as minhas costas, e enxerguei a gota escura e viscosa bater no chão. Olhei para cima e a imagem falseou minhas pernas.

A criatura parecia fincada ao teto, as mãos espalmadas como ventosas segurando o corpo. Soltou os braços e ficou pendurada pelos pés, o sangue pingando dos dedos longos e magros. A claridade bateu no semblante transtornado, os caninos fendendo os lábios. Agarrou meu pescoço e senti o hálito putrefato mais próximo. Minha respiração tornou-se dolorida e os pontos negros voltaram a ofuscar meus olhos. Golpeei várias vezes com a espátula sem nem mesmo perceber o que fazia. Até uma massa inerte cair sobre mim.

Não sei quanto tempo permaneci desmaiado. Ao recuperar os sentidos, girei sobre meu corpo e, o que enxerguei, interrompeu minha respiração.

Em pé, o homem tentava arrancar a espátula cravada no diafragma e, ao tocá-la, o vergão entre os dedos crescia, resultando em rugidos aterradores. Mais assustador era o sangue, vertendo lentamente, não só dos ferimentos, mas pelos olhos, boca, nariz e ouvidos.

Ergui-me ainda tonto e cambaleei de encontro a criatura que tentou agarrar meu braço, mas seu toque havia perdido a força. Sem me dar conta, puxei a espátula do ferimento. Trocamos um olhar rápido e no mesmo momento, senti o apertão crescer no pulso. Cravei um novo golpe, desta vez na altura do coração. O rosto contorceu-se, ele emitiu um gemido, e caiu.

Perdi o equilíbrio e tombei de costas. O homem não se movia, o sangue continuava escorrendo abundante do ferimento e dos orifícios do rosto, as feições envelhecendo rapidamente.

Arrastei-me apoiado nos calcanhares e nos cotovelos, só parando ao bater a cabeça contra a parede. Não conseguia tirar os olhos da criatura que se exauria a minha frente. Ele virou o rosto para me encarar, e nos traços descarnados repletos de sangue ressequido, a pele se transformando em um tecido fino e bolorento, distingui seus olhos, o único ponto imutável em sua fisionomia, parecendo ainda mais brilhantes naquela expressão de cadáver.

Levantei-me apoiado à parede. O corpo do vampiro encolhera com a perda de carne, a respiração sibilando a cada entrada de ar. Nada mais inspirava medo. Voltei para o quarto onde Virgílio arquejava pedaços de uma oração. Ele me olhou e tentou sorrir. A fala saiu entrecortada:

— E... o vam ..iiirooo?

— Morto. Tu pode andar? Então vamos até o médico.

Ele passou o braço sobre meus ombros e começamos a caminhada. No corredor, o corpo do vampiro tornara-se uma massa inerte. Virgílio olhou para ele e persignou-se. Notei que os ferimentos e o inchaço em seu pescoço haviam sumido. Restavam apenas as manchas de sangue na pele e na batina.

— A espa..uu...la ..

Ele apontou para a relíquia cravada nos restos da criatura. Toquei a lâmina que se desprendeu facilmente. Entreguei-a para Virgílio, mas ele a empurrou na direção do meu bolso.

O médico fumava um cigarro no corredor tentando espantar o sono. Ao nos enxergar, veio ao nosso encontro. No mesmo instante, gritou por um enfermeiro e uma maca. Colocaram Virgílio sobre o colchão, as rodas começando a guinchar pelo corredor enquanto ele tomava o pulso do doente.

— O que aconteceu?

Sem esperar a minha resposta, o médico falou com o enfermeiro:

— O coração mal bate. Olha a palidez! Ele perdeu muito sangue. E as lesões no pescoço? Ele foi mordido por algum animal?

Como hesitei em responder, ele abriu a batina procurando algum sinal de injúria. Na entrada da enfermaria, disse sem me olhar:

— Fica aqui.

Esfreguei as mãos pelo rosto e um choro sem lágrimas sacudiu meu corpo. O que aconteceria com Virgílio? O que pensariam ao enxergar os restos do vampiro?Apertei as mãos como se o gesto me trouxesse coragem e lucidez. Nisso, a porta da enfermaria se abriu e a voz do médico soou baixa e impessoal.

— O coração não suportou. Estava muito fraco. Parecia não ter mais sangue no corpo...

— Posso entrar?

Uma lâmpada jorrava claridade sobre o corpo do padre. O tórax magro e imberbe exibia a brancura da morte. Um arrepio desceu pelas minhas costas ao lembrar a moça no cemitério. Seria necessário usar a espátula no meu amigo? Procurei algum sinal de mudança no cadáver, mas o fim do ser que eu agora sem espanto chamava de vampiro extinguira a maldição. Mesmo sem acreditar, fiz o sinal da cruz e saí.

Caminhei sem saber o que fazia e, ao dar por mim, os restos do vampiro estavam à minha frente. Tinham um aspecto ainda mais frágil a sombra das descargas elétricas e do vento que rugia entre as vidraças. Apertei a espátula no bolso do sobretudo e continuei em direção a sala dos colchões. Pensei em arrastar alguns, jogá-los sobre o cadáver e atear fogo. Mas chamaria ainda mais atenção Além disso, se o fogo se espalhasse...

Foi então que a maré provocada pela enchente junto à rampa se imobilizou e um estrondo sacudiu o ambiente. A água foi tragada deixando a subida totalmente à vista. Aproximei-me e vi a correnteza fluindo na direção de um enorme buraco. Seguiram-se outros ruídos enquanto o chão desabava revelando um curso subterrâneo que descia até a calçada. Era uma vala natural. Existiam registros na contabilidade sobre a construção do pátio e os gastos para cobrí-la. Recuei e bati as costas contra o marco da porta da sala dos colchões. Olhei para dentro daquele ponto escuro e outro relâmpago brilhou clareando o lugar. Um momento apenas, mas pude ver o caixote de madeira, a tampa pendendo para fora, o interior coberto por restos de palha embolorados. Após nova descarga avancei esbarrando em obstáculos invisíveis, os braços estendidos. Ao sentir as farpas contra as mãos, puxei. Era leve e pude arrastá-lo sem muito esforço. Tropecei outras vezes até alcançar o corredor. Em seguida coloquei a caixa sobre o corpo do vampiro. Empurrei-a acomodando o cadáver com ajuda da tampa. Evitava tocá-lo, receando ter minha energia roubada para que ele, de alguma forma, conseguisse retornar a vida. Depois coloquei o caixote de volta a sua posição normal e notei as botas sujas de barro pendendo para fora. Empurrei-as com os pés e fechei a tampa, deixando a pressão ajeitar o corpo o melhor possível. Aproveitando o buraco no forro de um colchão, rasguei uma faixa, circundei o caixote e amarrei a tampa.

Calafrios desciam por minhas costas enquanto arrastava a carga até a rampa. Ao vê-la deslizar para água, um choro mudo me sacudiu, as lágrimas turvando a visão. Limpei os olhos com a manga do sobretudo, e enxerguei o esquife que afundava na correnteza ser tragado ao encontrar o buraco junto à calçada.

Dias depois, ao entardecer, acompanhei o sepultamento de Virgílio. Um chuvisqueiro gelado fazia o barro escorregadio, crepitava nas árvores e túmulos, deixando a prece que duas freiras e um padre envelhecido entoavam cada vez menos compreensível. Os coveiros foram rápidos, e após a cerimônia, fiquei sozinho. Agarrei a espátula no bolso imaginando se teria de voltar à noite e lembrei que não estava longe da sepultura da menina. Durante o velório meus olhos quase não se afastaram do caixão em busca de um tremor, do deslize mínimo que revelasse a transformação do meu amigo. Mas nada aconteceu.

As chuvas ainda duraram mais de um mês, tornando a cidade intransitável. A igreja permaneceu fechada por todo este tempo até que, ao final de um dia, vi luzes e a porta aberta. A canoa me deixou na escadaria e hesitei antes de entrar. Por um momento, desejei o retorno de Virgílio, mesmo na forma de um...

Meu pensamento ficou incompleto. A velha polonesa apareceu no altar, balde e vassoura a mão, um pano branco enrolado na cabeça contrastando com o luto. Por algum tempo, nos olhamos sem falar.

— O novo padre deve chegar amanhã. Vim fazer a limpeza. O senhor veio rezar?

Calado olhei a mulher e lembrei de sua filha, de Virgílio, e de como nós havíamos ...

— Preciso de um documento que acho que perdi aquela vez junto com... — a mentira saiu claudicante, mas ela não demonstrou se importar.

— O senhor pode olhar no escritório. Coloquei uns cadernos numa caixa de papelão junto com as coisas que eram do padre Virgílio, quem sabe ele guardou o que o senhor esqueceu e... — ela fungou, depois limpou os olhos deixando a frase incompleta.

A sala permanecia intocada a não ser pela caixa sobre a mesa. A claridade baça de dia chuvoso filtrava-se pela janela. Olhei ao redor. Por que razão estava naquele lugar? Para despertar do pesadelo? Se era esta a razão, me decepcionara. Tudo era real, e quanto mais eu pensava, mais assustadora era a verdade. Como eu me envolvera naquele horror? Existiriam outros vampiros? Fui até a mesa e olhei a caixa. Havia batinas acomodadas ao fundo. Sobre elas, duas bíblias, um livro de orações, um caderno velho de capa xadrez. Folhei-o e notei cartas coladas às páginas. A maioria era em alemão e a palavra vampyr, aparecia muitas vezes. Enfiei o caderno na cintura, despedi-me dizendo não ter encontrado nada e, enquanto acenava para o porteiro do hospital, apertei o volume contra o corpo.

Ao final da semana, encerrei meu trabalho e nunca mais voltei àquela parte da cidade. Daquele bairro, levei apenas o caderno e o início de uma nova vida.

O ATAQUE

O RONCO DO BONDE CONTRA OS TRILHOS ME TROUXE DE VOLTA. O CADERNO estava caído no meu colo, as imagens da narrativa se formando ante os meus olhos. E por mais que não fizessem sentido, eu as associava à noite em saía do banco e enxerguei a prostituta vagando entre os caminhões, seguida pelo homem de baixa estatura e feições distorcidas.

O sol aumentou de intensidade gradeando o chão ao cruzar a janela. Levantei-me e espiei o movimento na rua. Era a existência de todos os dias. As lojas exibindo suas mercadorias, o movimento dos carros, as pessoas cumprindo suas obrigações. Para eles não existia mudança. Suas vidas permaneciam intactas, seus medos e dúvidas eram velhos conhecidos e estavam sob controle. O telefone zuniu subitamente e derrubei o livro assustado. A voz de dona Tóia soou ríspida como sempre, o tom alto se elevando a cada frase pronunciada. Por fim desligou, e deduzi que se movimentava em direção à cozinha. A porta da frente bateu e escutei Ludwig e o doutor Werner. Enquanto subiam as escadas voltei para a cadeira, o suor grudado às mãos.

— Como está se sentido? — perguntou o médico tomando meu pulso. Antes que eu respondesse, tocou minha testa para depois apertar-me levemente as têmporas.

—- Leu tudo? — a voz de Ludwig mantinha o tom habitual, mas um sorriso nervoso contraía suas feições.

Confirmei com um movimento de cabeça, desprovido de palavras que fizessem algum sentido.

— É muito importante que o senhor confie em nós. Por mais estranho que algum pedido lhe pareça.

— O que vai acontecer?

— Eles vão voltar. À noite. O homem e a mulher. Virão à tua procura – completou Ludwig.

Uma nuvem cobriu o sol, levando junto o rastro quadriculado que a claridade desenhara no chão.

— O que vocês vão fazer?

— "Nós" vamos fazer. Precisamos da sua ajuda.

O doutor Werner falou baixo como sempre, mas a voz exprimia uma ordem.

— Como vocês podem estar tão certos? — indaguei.

— Certos do quê?

— Que eles são... vam ...pi...ros.

— O senhor não leu o relato do doutor Osório?

— Mas que certeza se pode ter? Pode ser apenas um delírio, uma invenção!

— Meu tio dedicou a vida a este estudo e fez contatos com outras pessoas. Há casos em todo o mundo. Ele conhecia várias línguas, mas a maior parte da correspondência sobre os vampiros foi em alemão e romeno. O padre que morreu pertencia a uma corrente da igreja católica dedicada a caçá-los. Era quase uma ordem secreta.

— Por que "era"?

— Não teve seguidores. Existem poucos padres hoje. A maioria acha a ideia absurda. Até porque há muito tempo não se relata um caso.

— Como?

— Meu tio nunca mais viu um vampiro depois da enchente. Ele vivia procurando sinais. Recebia jornais e revistas de várias partes do mundo e as ondas curtas do rádio funcionavam todas as noites.

— Nem eu nem Ludwig havíamos vivenciado um caso até hoje — disse o doutor Werner.

— E como descobriram?

— Teu delírio durante a febre. O doutor Werner não teve dúvidas. Ficamos esperando.

— Vocês os enxergaram?

— Eu os entrevi através da veneziana. Mas não tenho dúvida.

— O armeiro deve estar com tudo pronto. Vou buscar e volto logo.

O doutor Werner saiu enquanto o sol voltava a desenhar no chão os contornos da veneziana. Ludwig acendeu cuidadosamente um charuto e falou após ouvir o barulho do portão sendo fechado.

— Tio Osório relatou o que lhe aconteceu a todos os correspondentes que estavam no caderno do padre Virgílio. No início tardaram em responder. Meu tio sempre achou que estavam verificando se a história era verdadeira. Eram todos padres, a exceção dele e de um holandês que morava na Alemanha. Alguns acompanharam vários casos.

— Mas não podia ser uma sucessão de enganos, um tipo de coincidência...

Ludwig sorriu antes de responder:

— E o que aconteceu na noite da chuvarada quando saías do banco foi alucinação? Ontem à noite foi alucinação?

— O que o doutor Werner quis dizer com armeiro?

— O que entendeste. Ele foi buscar uma arma.

— Que arma? Cruzes?

— Já esqueceu a leitura do diário? Vampiros não temem cruzes, mas alguns metais, em especial a prata. Provoca um tipo de alergia fulminante.

— Que loucura é esta?

Levantei e me dirigi para a escada. Queria ir embora. Não podia crer em nada daquilo. Ludwig e o médico eram loucos e acreditavam na loucura de um tio ainda mais louco para inventar aquelas histórias.

— Os vampiros não são agentes do demônio. São uma espécie muito rara de mutação.

Parei em frente à escada e encarei Ludwig. Ele tragava o charuto lentamente para depois soprar uma enorme nuvem de fumaça que embaçava sua figura.

Fui para o meu quarto em silêncio. O sol morno daquele inverno antecipado não chegava a aquecer o ambiente. Um ar gelado aderia aos objetos, e cada vez que eu os tocava, era como se adquirissem uma nova textura. Olhei o espaço ocupado há tão pouco tempo, mas que já considerava meu, desejando que além dele não existisse nenhuma lembrança ou ameaça. Fixei o chão no canto oposto, que era resguardado da luz pela sombra de uma cômoda, e não percebi a noite cravar-se na cidade, sugando lentamente os murmúrios da rua. Acendi a lâmpada do abajur e um espasmo contorceu meu estômago.

Silêncio e frio envolviam a casa. O bonde estalou distante, produzindo um som confortador, afastando o medo. Abri a porta e olhei para a sala. Reflexos da rua contornavam os móveis que flutuavam na escuridão. Busquei o lado oposto rumo a cozinha e enxerguei um bocado de luz passando por debaixo da porta. Baixei a maçaneta com força provocando um sobressalto em dona Tóia, surpreendida enquanto olhava a noite através da janela.

— O senhor melhorou? Tem fome? Além do café da manhã não fez nenhuma refeição.

— Ludwig e o doutor Werner estão?

— Saíram no meio da tarde.

— Disseram aonde iam?

— O senhor já viu Ludwig prevenir alguém, ou deixar recado? Esqueceu quando veio morar aqui?

Ela deu a conversa por terminada e colocou uma panela sobre o fogão.

— Vou fazer uma sopa.

Retornei para o quarto e observei a rua. Uns poucos carros, os retardatários executando movimentos e gestos cotidianos encolhidos frente ao vento gelado. Ergui o vidro e fechei a veneziana o mais rápido possível. Baixei novamente a vidraça cortando a infiltração da onda fria que tornou impossível continuar negando a realidade. Ludwig e o doutor Werner estavam certos. Eles voltariam.

— A janta tá pronta! — falou a voz de dona Tóia através do corredor.

Repeti duas vezes a sopa e aceitei o café que sempre recusava. No quarto, deixei o abajur aceso e me recostei no travesseiro. Cruzei os braços apertando o peito, as mãos abafadas sob os sovacos. Lentamente, a cozinha silenciou, o barulho da rua se perdeu, restando apenas o uivo do vento dobrando as árvores. Adormeci, despertando com o espocar do chuvisqueiro contra as lajes. Minhas mãos estavam dormentes, os membros doloridos. Abri a porta e olhei o corredor. Nenhum som, escuridão completa. Tranquei a fechadura e olhei o relógio no meu pulso. Passavam vinte minutos da meia-noite. Voltei para a cama e me enrolei no cobertor. Uma sonolência pesada turvou meus sentidos até um barulho distinto da chuva me despertar. Eram ruídos de um caminhar arrastado e fala embrulhada, como se alguém com dores enormes tentasse se expressar. Corri até a porta para verificar a tranca. A lembrança da mulher e do homem com os dentes amontoados me sufocava, o peito ardia, roubando o equilíbrio e a pouca visão que o escuro concedia. Naquele instante, ouvi o estampido de um tiro. Tremendo, inconsciente do que fazia, destranquei a porta e sai em direção à cozinha.

A porta que levava a área de serviço estava aberta e, naquele momento, uma luz se acendeu. Corri até a claridade e enxerguei Ludwig com um revólver na mão, os traços rígidos, o braço distendido. Fixava um corpo se contorcendo nas lajes dois degraus abaixo. Vultos misturaram-se no escuro, escutei o portão bater e enxerguei duas sombras se afastando. Procurei a origem daquele clarão e descobri o quarto de dona Tóia. A porta fora arrombada e sobre a colcha, havia traços de sangue. O doutor Werner enrolava um lenço em volta do pescoço da mulher que tinha as feições descompostas, os olhos fixos no teto, mas parecia desfalecida. No chão, as pegadas desenhadas pela limalha prateada sumiam nos degraus.

— Ludwig! Não deixa ele levantar! Não deixa! — gritou o médico.

Olhei na direção do meu senhorio e a imagem roubou meu equilíbrio. Apoiei as costas na parede e deslizei até cair sentado.

O homem ergueu-se. Era alto e vestia um sobretudo preto cheio de manchas. Junto ao ombro, um filete de sangue escorria pelo buraco que queimara o tecido. Exibia uma palidez acinzentada, a dentadura apodrecida saltando entre os lábios rachados. Olhou em volta parecendo despertar. Apontou um dedo para a arma e avançou. Ludwig não reagiu. A mão tremia, o rosto contraído numa careta chorosa. A umidade recrudesceu e um vento forte espalhou a chuva com violência pelo ambiente.O tempo pareceu em suspenso, até um novo tiro derrubar o homem sobre os degraus. Ludwig respirava fundo, a boca deformada na imitação de um sorriso. O desconhecido contorceu-se algumas vezes, mas um espasmo o imobilizou para sempre. A bala atingira o rosto, e um inchaço imediato limitou o fluxo de sangue vindo do novo ferimento. Por um instante, o mundo perdeu a voz, a chuva aparentando cair silenciosa no chão.

— Ludwig! Me ajuda aqui! Rápido! — gritou o doutor Werner rompendo o bloqueio.

Ludwig obedeceu, a arma pendendo do braço, o riso bobo cravado no rosto. O médico comprimia pedaços do lenço junto ao pescoço de dona

Tóia para estancar o sangue. Orientou Ludwig para substituí-lo colocando as mãos do outro nos lugares corretos, regulando a pressão sobre a ferida. Ludwig deixava-se levar, as vezes olhando na direção do corpo escondido abaixo dos degraus. O médico passou junto ao cadáver e tocou-o com a ponta do sapato, exibindo interesse e nojo ao mesmo tempo. Sumiu pelo corredor lajeado ignorando o aguaceiro e ouvi o portão bater. Voltou carregando uma valise da qual retirou bandagens, um tubo de pomada e alguns instrumentos. Afastou Ludwig e tratou da mulher. Ao final, limpou os objetos, guardou-os com o cuidado de quem toca relíquias e voltou-se para nós. A expressão era calma, o olhar limpo.

— O que aconteceu? — perguntei.

— Os vampiros atacaram.

A voz era ainda mais pausada, soando baixa enquanto tragava o cigarro.

— Ludwig e eu espalhamos limalha de prata na porta de entrada da casa e na janela do seu quarto. Minha ideia era que a alergia começasse logo e assim poderíamos pegá-los com facilidade. Mas eles sentiram o cheiro do metal. Foram mais espertos que nós. Vieram pelos fundos. Talvez dona Tóia estivesse na rua por alguma razão, talvez tenha ouvido barulho e foi verificar. Terminou sendo atacada. Ludwig e eu estávamos no andar de cima, e quando ouvimos o grito, corremos. Ainda bem que chegamos a tempo. Eram três. A mulher que agrediu dona Tóia, um homem baixo e velho, e aquele ali.

— Eles. A mulher e o homem baixo. À noite no banco, eu...

— Atiramos mais limalha no chão quando os vimos. O maior apareceu no corredor, quis atacar Ludwig, e o resto o senhor viu. O homem baixo e a mulher fugiram ao sentir o cheiro da prata. O importante é que nada de mais grave aconteceu com dona Tóia.

— Ela vai se tornar uma vamp...

— Não. O ferimento é apenas superficial. Ela deve ter lutado.

— Não acontece assim. Tão rápido. Nos relatos, os ferimentos são enormes. Parece haver necessidade de mistura de sangue. Do vampiro para a vítima. Depois, ele suga o máximo que consegue.

Ludwig falou olhando para dona Tóia. Ela ressonava deitada sobre o colchão nu, o lençol com manchas de sangue amontoado no assoalho, a claridade amarela deixando as paredes mais cinzentas, as feições mais pálidas.

— Ela vai precisar de cuidados. Vou até o hospital. Tenho uma pessoa de confiança que pode ficar aqui. Preciso da sua ajuda. Ludwig cuida de Dona Tóia até a nossa volta.

Após falar, o doutor Werner virou as costas e eu o segui. Aproximou-se do corpo estirado no chão e avaliou seu estado como se buscasse a confirmação de uma tese. Falou sem tirar os olhos do cadáver:

— O senhor espera um pouco. Eu já volto.

Ele sumiu no corredor escuro. Olhei o cadáver e recuei para evitar a náusea. A decomposição era adiantada, como se estivesse morto há vários dias. Não exalava odor, e os ferimentos causados pelos tiros haviam se transformado em marcas ressequidas.

O doutor Werner retornou carregando uma lona e desdobrou-a ao lado do cadáver. Não foram necessárias palavras. Ludwig nos ajudou a enrolar a massa inerte no pano cheirando a graxa e óleo. Segurou o portão e permaneceu sob a chuva observando enquanto depositávamos a carga no porta-malas do carro. O médico ligou o motor, me acomodei ao seu lado e saímos. Olhei para trás e Ludwig havia sumido. Nas casas, nenhum movimento. O mau tempo era a única testemunha das nossas ações.

As gotas salpicavam com insistência cada vez maior o vidro do pára-brisa. Dobrávamos ruas que eu desconhecia até iniciarmos uma subida aparentemente sem fim. O calçamento e as luzes sumiram. Os faróis iluminavam barro e mato. O carro quis derrapar, mas o doutor Werner, com um movimento rápido, puxou a alavanca junto à direção e o motor soou mais forte, retomando o caminho. Mais algumas voltas e ele deteve o veículo, manobrou vagarosamente até os faróis mostrarem um campo repleto de latas, ferros retorcidos e sobras de peças de motores. Num canto, localizei a mureta circundando uma trave de madeira apodrecida. Outra manobra, e os faróis traçaram um caminho reto naquela direção.

— O senhor me ajuda agora.

O médico abriu o porta-malas e retiramos o cadáver enrijecido já começando a escapar da lona. Ele abraçou a maior parte da carga e seguimos pela claridade pontilhada de chuva. Avançamos lentamente, evitando esbarrar nos destroços. Quando alcançamos a mureta, reconheci o poço abandonado. O doutor Werner abaixou-se e colocou sua parte do peso no chão. Eu o imitei e, enquanto me levantava, fiquei tonto. Procurei apoio no anteparo da cisterna, mas ele segurou meu braço.

— Cuidado. O senhor está bem?

— Fiquei um pouco tonto. Já passou.

Ele me avaliou por um momento antes de falar:

— Vou até o carro e volto logo.

Recuei e bati com os calcanhares em um amontoado de latas. Notei a figura indistinta na qual o médico se transformara virar-se e acenei garantindo que tudo estava bem. Ele sumiu atrás do porta-malas, e logo reapareceu carregando, com evidente esforço, um volume pesado. Aproximou-se do cadáver e percebi que trazia um latão com bico saliente e um amontoado de estopa. Calado, respingou parte do conteúdo sobre a lona que envolvia o morto, deixando as extremidades secas. Empapou a estopa com o restante e atirou fora o recipiente vazio. O barulho do choque com os ferros espalhados pelo terreno ecoou noite adentro. O cheiro de querosene subiu pelo ar, a chuva e o vento ampliando sua força.

— O senhor me ajuda agora. Vamos jogá-lo no poço.

— O quê?

— Vamos jogá-lo no poço.

Comecei a tremer e um choro fino partiu minha boca.

— Eu vou embora daqui! Não quero fazer isso!

— Mas que tipo de cagão é o senhor? Não vê o que é isso? – ele apontou para a lona – É um vampiro! Quer ficar igual? Se quiser eu lhe mato agora e poupo trabalho. Se não, me ajuda e reze para termos descoberto esta praga no começo, para que existam poucos!

O médico tinha o rosto crispado, as feições transtornadas. Seu chapéu molhado de chuva deformara, o sobretudo perdera a cor original. Ele se abaixou e agarrou o cadáver. Eu o imitei.

— Levantamos juntos, mas evite apoiar peso na mureta — disse o doutor Werner.

Obedeci sentindo o cheiro da querosene penetrar minhas narinas enquanto lutava contra a tontura. Suspendemos o embrulho sobre a boca do poço. Minhas pernas falharam. Naquele momento, a ordem soou:

— Agora!

Larguei o peso e temendo cair, me apoiei na mureta que desmoronou parcialmente. Senti a cratera me sugando, e um odor de óleo estagnado revoltou meu estômago. As pernas dobraram, os joelhos tocaram o chão. Tombei para o lado, o grito de alívio saltando da garganta. No mesmo instante, um baque denunciando o choque contra água e ferros vibrou dentro do poço. O doutor Werner correu até onde eu estava.

— O senhor está bem?

— Acho que sim. Vamos sair ligeiro daqui.

— Ainda temos uma última coisa para fazer. O senhor precisa levantar.

Ergui-me apoiado no braço do médico. Recuamos e, depois de certificar-se do meu estado, ele voltou para dentro do facho de luz, apanhou a estopa e retirou um isqueiro do bolso do casaco. Riscou a pedra algumas vezes até a chama colar-se ao tecido. Esperou um momento antes de atirá-lo no poço. Uma labareda explodiu do buraco iluminando o terreno.

— Não é o primeiro cadáver que queima neste poço. A polícia afirma que muitos crimes são cometidos aqui. De qualquer maneira, ninguém vai se preocupar muito — disse o doutor Werner.

— Era necessário?

— Ele já estava morto, era preciso sumir com o cadáver. Não tinha onde enterrá-lo em segredo.

— Como o senhor sabia deste lugar?

— Moro a cinquenta anos nesta cidade e sou médico. Conheço gente e lugares de todos os tipos.

Não falamos o restante do trajeto. No momento em que o carro deslizou por uma rua calçada, o doutor Werner ligou o rádio encontrando apenas estática, por mais que tentasse sintonizá-lo. Olhei o relógio. Passava de uma da manhã. Todas as rádios já estavam fora do ar. Retornariam à vida um pouco antes do amanhecer. Estacionamos no pátio de um hospital e o médico falou:

— Primeiro achamos a enfermeira, depois tomamos um café.

A chuva desaparecera. Ficara o vento, cada vez mais frio, a umidade cortando os ossos através das roupas molhadas.

O elevador parou no segundo andar e o ascensorista puxou a grade enquanto disfarçava um bocejo. O corredor de azulejos e portas brancas era igual ao de todos os hospitais, os vidros das janelas peneirando a noite, espelhando nossas imagens enquanto avançávamos. O médico parou frente a uma das portas e bateu antes de entrar. Um abajur acomodado sobre o balcão de metal ao fundo da peça manchava o ambiente com uma claridade baça e amarelada. Distingui a pia, a maca em cima de uma armação com pés em forma de rodas, dois sofás envoltos por cobertores de lã. Sobre aquele em que incidia menor quantidade de luz, percebi o formato de um corpo. O doutor Werner aproximou-se e tocou-o levemente no ombro:

— Irmã Sueli. Irmã Sueli.

A mulher sentou-se, a magreza realçada pelo uniforme de enfermeira, os cabelos ocultos no pano branco preso à nuca. Ela colocou os óculos e encarou o médico.

— Dia e noite agitados irmã?

— Faziam vinte e quatro horas que não dormia.

O médico abaixou-se e sussurrou algumas palavras ao ouvido da freira. Ela persignou-se e concordou com um gesto de cabeça. Levantou, vestiu a capa escura usada como coberta enquanto dormia e sumiu pelo corredor.

— Ela foi arrumar algumas coisas para vir junto conosco. Vai ficar cuidando de dona Tóia. Uma última parada e depois vamos tomar o café que prometi.

Eu o segui pelos corredores e cruzamos uma porta de vidros canelados que exibia uma placa dizendo emergência. Na sala havia três camas. O ambiente exibia a mesma a claridade fraca do outro cômodo, mas incidia direta sobre o homem deitado na última delas.

Ele ressonava agitado, o corpo torcido debaixo do acolchoado, o rosto suado apesar do frio. O doutor Werner apalpou-lhe a testa e ele arregalou os olhos, encolhendo-se ainda mais. Tentou enxergar sobre o ombro do médico para descobrir de quem era a outra sombra projetada na parede.

— Lolita? Lolita? É tu?

— Não, seu Darci. Sou eu, o doutor Werner. Este é um amigo. Tem uma pessoa doente em casa e viemos buscar ajuda.

Afastou-se e Darci pôde me enxergar. Ele arregalou ainda mais os olhos, as lágrimas escorrendo grossas, a voz chorosa.

— É ele, Lolita? É ele? O que ele tá fazendo aqui de novo? Eu, eu não, não...

Escondeu o rosto nas mãos, o corpo sacudido pelo choro.

— Não tem ninguém aqui a não ser nós três. O senhor perdeu muito sangue e...

O doutor Werner sentou-se na cama sem concluir o pensamento, a expressão misturando raiva e dor. Colocou a mão sobre a bandagem que envolvia o pescoço do enfermo e acariciou-a por algum tempo.

— O senhor vai ficar bem seu Darci. Mesmo que eu não tenha enxergado a verdade na hora. O senhor vai ficar bem.

Eles se encararam até a expressão de Darci voltar ao normal e o choro desaparecer.

— Eu sei o que lhe atacou. Mas tudo vai ficar bem, eu garanto. Agora, preciso que o senhor me conte tudo. Desde o começo. Aqui estamos seguros.

Não perceberam que eu sentei na cama ao lado, fora do alcance da claridade. A voz de Darci soou como devia ser habitualmente e não se interrompeu com o aparecimento de irmã Sueli junto à porta. A freira não fez o menor movimento enquanto ele falava.

Darci conhecia Lolita há bastante tempo. Ela fazia ponto em uma esquina no Centro da cidade. Nas primeiras vezes em que a abordou, mal obteve resposta. Com o tempo, virou cliente. Passava meses sem vê-la. O serviço na barbearia diminuía, o dinheiro encurtava. Noites atrás, ao deixar um bar, lembrou da mulher. Procurou por ela, mas não a encontrou. Atravessava a rua para esperar o bonde no outro lado, todavia parou ao ouvir a música. Virou-se e descobriu Lolita no lugar de sempre, a claridade da lâmpada desenhando-lhe o corpo. Decidiu voltar. Não estava bêbado. Uma leve tontura, o equilíbrio enfraquecido, mas sem perder o controle. Olhou ao redor. Ninguém além deles. Lolita sorriu. Havia algo estranho nela. Usava a maquiagem pesada que ele conhecia, mas o rosto continuava pálido, como se o corpo não possuísse nem vida ou sangue. O som cresceu em volume e harmonia. Darci esqueceu qualquer desconfiança. Cruzou a rua e parou em frente a mulher. Ela acariciou-lhe o rosto. O contato era gelado. Retraiu-se imediatamente. A sensação ultrapassava o frio, era maligna, ameaçadora. Lolita deslizou as mãos no cabelo dele, aproximando-se até os corpos se colarem. Usava um lenço ao redor do pescoço, mas Darci, apesar de excitado, queria fugir, livrar-se do enlace repugnante, incapaz de proporcionar qualquer prazer. Tentou falar, mas as palavras saíram mudas. O sorriso de Lolita alargou e caninos descomunais pularam sobre os lábios. O barbeiro sentiu o fôlego da mulher junto ao pescoço e o carinho nos cabelos transformou-se em puxão. Estava imobilizado, os músculos da face distendidos. Logo veio a mordida, o calor do sangue escorrendo pelo pescoço. A tontura o dominou, as pernas enfraqueceram até a dor ficar insuportável e ele, num movimento desesperado, empurrar a mulher que tropeçou soltando um grito enraivecido. Afastou-se cambaleando em direção à esquina. Apoiou o corpo num poste e procurou Lolita. Ela estava encostada na vitrine de uma livraria, o rosto virado para o outro lado. Darci sacou o lenço do bolso, pressionou-o contra o ferimento e respirou fundo, o olhar fixo na mulher. Buscou fôlego mais algumas vezes e sentiu a estabilidade voltar. Então ouviu as passadas. Rápidas, arrastadas, e, sem nenhuma explicação aparente – assustadoras. A imagem apareceu no começo da quadra. Baixa, gorda, enrolada num sobretudo escuro. Cruzou por Lolita e Darci viu a mulher encolher-se ante aquela proximidade. Não conseguiu distinguir as feições, mas pode ver o cabelo grisalho cortado rente, a pele brilhando ao encontrar a luz. Esqueceu a dor e correu, temendo, sem saber por que, a pior das mortes.

Caiu sem fôlego, a visão nublada impedindo que reconhecesse o cenário ao redor. Foi o ranger nos trilhos quem o fez levantar. Havia ultrapassado o Mercado Público e estava a meia quadra do fim da linha dos bondes. O último carro saía. Correu, quis gritar, mas não emitiu som algum. Agarrou o corrimão do bonde pulando sobre o degrau que levava ao corredor. O motorneiro olhou para ele e, agarrando a manivela, falou calmamente.

— Se sujar meu carro apanha. Não gosto de gambá.

Darci não sujou o carro. Tocou o ferimento e notou que o sangue havia estancado. Apressou-se em pagar a passagem, terminando por descer uma parada antes do necessário. Molhou o lenço em uma poça d'água para depois esfrega-lo no pescoço. Não queria complicações com dona Selma. As peças eram boas, o aluguel barato, e ela já estava acostumada a vê-lo cambaleante algumas noites por semana. Mas se o visse ferido, como reagiria?

Abriu o portão sem fazer barulho. Não havia luz na casa. Mas ela nunca saía a noite. Imaginou a figura magra e pequena espiando por uma veneziana.

Caminhou o mais firme que conseguiu e, ao fechar a porta do quarto, não acendeu a luz. Jogou-se na cama tremendo, o suor gelando o corpo. O sono veio imediato. Foram os ruídos da maçaneta que o despertaram.

O sons conhecidos e assustadores cruzaram a abertura. Foi até o banheiro e espiou pela basculante. Enxergou Lolita forçando o puxador do trinco, o homem que avançava pelo pátio, a claridade vinda do poste na calçada revelando seus traços acavalados, os dentes apodrecidos escapando da boca.

Darci recuou, bateu com as costas em um armário e caiu sobre a mesa onde tomava o café da manhã, única refeição ainda não substituída pelo álcool. Ergueu-se cambaleante, buscou apoio nos móveis, e acabou tombando sobre a cama. No mesmo momento a fechadura cedeu e os dois vultos entraram. Desta vez conseguiu gritar, o homem parecendo mais alto à medida que se aproximava. Ele ergueu Darci pelo pescoço reabrindo o ferimento. O barbeiro debateu-se, as mãos roçaram a parede e sem perceber, agarrou o crucifixo, derradeira lembrança de família ainda guardada. Num gesto cego, atingiu o homem na cabeça. Com um segundo golpe, ele o soltou. Darci gritou ainda mais alto e pode ver os vultos sumindo antes de desmaiar.

— Como era o crucifixo? – perguntou o doutor Werner.

— Minha mãe sempre disse que ele é de prata, que era do meu avô.

A irmã Sueli fez o sinal da cruz e o médico sorriu antes de perguntar.

— A mulher, esta Lolita, sabia onde o senhor morava?

— Não lembro se comentei alguma vez com ela.

— Não se preocupe. Aqui o senhor está seguro.

— Quem é esta gente doutor? São...

—...loucos seu Darci, loucos. Sofrem de um tipo raro de loucura sobre o qual sabemos muito pouco. Mas não se preocupe o senhor não foi contaminado, precisa apenas descansar. O resto nós vamos fazer.

Cochichou no ouvido da freira e saímos do quarto.

— Vamos tomar o café que prometi.

O bar era uma espécie de caverna entalhada junto à garagem. Não havia janelas e a combinação de frio e umidade ignorava nossos agasalhos. A atmosfera misturava café, cerveja e cigarros. O brilho da lâmpada no centro do teto não alcançava os extremos da peça. Acotovelados num canto do balcão, bebericávamos nossas taças.

— Como eles descobriram onde o barbeiro morava?

— Do mesmo jeito que descobriram onde o senhor morava. Pelo faro.

— Pelo faro? Como um cachorro?

— Isso mesmo. É uma espécie de mutação. Não se sabe como acontece.

— O que o senhor vai fazer, doutor?

— Vamos achar onde os vampiros se escondem e vamos matá-los.

— De que jeito?

— Como se matou o primeiro.

— E se eles nos atacarem antes?

— Daqui a pouco será dia. Eles evitam a luz. É uma espécie de repulsa. Como o albinismo. Nada das superstições que o senhor escutou ou viu no cinema.

— Tudo isso é loucura. Não faz sentido.

— É mesmo. Uma estranha mutação que não se pode tratar porque um bando de supersticiosos criou uma fantasia. Mas por enquanto, é o que temos para fazer.

— Se eles farejam o endereço das vítimas podem vir até aqui e atacar o barbeiro novamente?

— Podem. Mas não penso que consigam farejar tão fácil assim. A cidade é grande e os cheiros se misturam. Devem ter procurado pelo barbeiro durante dias. O mesmo aconteceu com o senhor. O que aconteceu na noite em que o senhor saía do banco foi a única coincidência. Todo o resto veio junto. Como se, depois que escolhessem uma presa, fizessem de tudo até apanharam ela. E só então buscam uma nova vítima.

— O barbeiro não corre risco de virar... vampiro?

— Pelo que se sabe a mutação só começa quando a vítima fica apenas com o mínimo de sangue para seguir viva. Não foi o que aconteceu com o seu Darci nem com dona Tóia.

Bebemos o restante do café silenciosos. O doutor Werner fumou um cigarro e, pela primeira vez, notei que as pontas dos seus dedos eram amareladas, as mãos repletas das mesmas sardas que marcavam seu rosto. No pátio, vimos a irmã Sueli, uma sacola na mão, a capa de lã grossa escondendo o uniforme de enfermeira. Ela entrou no carro e viajamos sem falar. Na casa de Ludwig, a freira continuou calada, seguindo o doutor Werner até o quarto de dona Tóia. O médico falou em alemão, e ela respondeu por monossílabos enquanto acariciava o cabelo da sua paciente que ressonava tranquila.

Parado junto à porta, Ludwig tinha a expressão distante. Voltamos para a cozinha inundada pelo cheiro da lenha crepitando no fogão, o ambiente pretextando uma inexistente paz.

— Ela vai cuidar da dona Tóia? – perguntou Ludwig.

— É de confiança, e pelo que sei, já viu um caso. Pensa que é uma manifestação demoníaca. Afinal, é uma religiosa. Mas acredita em mim, vai fazer só o que mandarmos.

— Acho que sei como encontrar a mulher e o vampiro.

— Os dois são vampiros.

Ludwig ignorou a observação do médico e arregalou os olhos. Um sorriso de contentamento apareceu em seus lábios finos, fazendo-o parecer ainda mais magro.

O cansaço me dominou, a conversa se distanciando, e notei a passagem do tempo ao enxergar a claridade que atravessava o vidro da janela. Devo ter cochilado várias vezes. Havia baganas no cinzeiro e não lembrava de ver o médico fumando. A porta se abriu e o doutor Werner entrou acompanhado de uma golfada de ar gelado. Olhei ao redor e não encontrei Ludwig.

— Ele foi atender o padeiro — disse o médico adivinhando minha preocupação.

Ouvi a chave girar na fechadura da frente, o ruído de um motor se afastando. Era um dia normal, e cada um cumpria sua obrigação. Ludwig apareceu segurando o pão e uma garrafa de leite.

— Vou fazer café. Comemos, depois saímos.

— Eu não tenho fome.

— Nosso dia vai ser comprido.

— Vocês dois são loucos? Como podem comer, viver como se nada disso estivesse acontecendo? Até agora, Ludwig, não sei o que vamos fazer e duvido que o doutor Werner saiba.

— Eu já disse, vamos pegar os vampiros – Ludwig sorriu e olhou para o médico.

— Como vamos achá-los? E como tu tem certeza que eles não vão voltar para pegar dona Tóia?

— Porque eles têm medo – a voz do médico soou cansada.

— Medo?

— É, medo. Não sabem o que os machucou. Como eu lhe disse, é uma degeneração. Não pensam, não conseguem reagir. Hoje à noite vão procurar uma nova presa.

— O senhor não disse que eles perseguem a presa até o final antes de buscar outra?

— Eu disse, mas olha o que aconteceu aqui. Vieram procurar pelo senhor, encontraram dona Tóia e o resto o senhor viu.

— E como vamos saber onde eles vão estar?

— Depois do café eu explico.

A refeição foi demorada. O doutor Werner foi o primeiro a se levantar para substituir a enfermeira. A irmã Sueli sentou à mesa e, antes de voltar para junto de dona Tóia, falou olhando através da janela.

— Ela acordou uma vez. Não sabe o que aconteceu. Precisei inventar uma história. Que Deus me perdoe. Disse que ela caiu e se machucou. Os senhores precisam confirmar depois, por favor. Ela é forte, vai ficar bem. Uns dois dias e não precisa mais de cuidados. Podem deixar que eu limpo tudo.

Nem eu nem Ludwig fizemos comentários. O doutor Werner retornou e fez uma observação seca:

— A irmã Sueli me disse que já deu as boas novas.

— O senhor confirma?

— Dona Tóia não foi afetada.

Ludwig suspirou antes de terminar o café. Para ele, era uma suprema mostra de emoção.

— Vamos subir.

A casa estava gelada, e o contraste com a cozinha aquecida, tornava o ambiente ainda mais frio. Ludwig abriu a veneziana e o brilho fosco da manhã invadiu a peça. O doutor Werner e eu sentamos nas poltronas, Ludwig atrás da escrivaninha.

— Eles vivem aqui perto. A mulher é a prostituta que desfilava no meio dos caminhoneiros e quase te atacou – Ludwig apontou na minha direção — e o homem é o vampiro que a infectou. Talvez tenha sido ela quem feriu dona Tóia. O vampiro que liquidamos é um vagabundo dado por morto há algumas semanas. Lembra, perto do colégio, nós fomos ver juntos — e apontou novamente na minha direção. — Pode ser que existam outros, mas o homem baixo, de cabeça quase raspada, é a razão de tudo isso. Ele é o perigo.

— E como sabes que ele mora aqui perto? — perguntei.

— É um palpite, mas um bom palpite. O vagabundo foi atacado perto daqui. Quando tudo começou, ou um pouco depois. O vampiro não pensa. É um bicho, só tem instinto. Atacou perto da casa da primeira vítima.

— E onde ele se esconde?

— Acho que na casa da mulher, que agora também é vampira. Não sei como acontece, mas é assim.

— E o que nós vamos fazer?

— Vamos até o lugar e esperar. Eles vão aparecer de novo.

— E quando eles aparecerem, se aparecerem, o que vamos fazer? Jogar limalha de prata em cima deles e esperar que inchem até morrer?

— Se o senhor está com medo pode ficar aqui. Se ainda não acredita mesmo depois de tudo que viu...

O doutor Werner encolheu os ombros, passou a mão pelo rosto e olhou para Ludwig. A expressão do médico era grave, os traços mais acentuados. A segurança costumeira enfraquecia. O vento gelava as ruas baixando cada vez mais a temperatura. Durante um momento tudo pareceu normal. As lojas, as pessoas em suas obrigações cotidianas, os primeiros odores nos restaurantes antecipando o almoço, algumas crianças correndo atrasadas para a escola. Eu seguia Ludwig e o doutor Werner, caminhando em silêncio. Mas para eles, a paisagem não existia. Seus olhos estavam cravados nas calçadas, mergulhados em outra realidade.

— Foi aqui.

Paramos na metade da quadra em frente a uma lanchonete cujas paredes cresciam enquanto o declive da rua se acentuava. Na calçada em frente, uma livraria e, alguns metros acima, um poste. Ludwig sorriu.

— Lugar ideal para uma prostituta fazer ponto.

— Os moradores não permitiriam. Chamariam a polícia — disse o médico.

— Não se a mulher for discreta e não demorar muito. Se ela tiver clientes fixos.

Desta vez o doutor Werner não retrucou e o sorriso de Ludwig alargou-se.

— Eles não vão voltar durante o dia – continuou o médico.

— Então vamos nos preparar para a noite – respondeu Ludwig já caminhando de volta para casa.

— Vampiros têm medo da luz? – perguntei ao doutor Werner enquanto seguíamos Ludwig.

— É uma espécie de alergia. Segundo alguns relatos perdem parte da visão, respiram com dificuldade e...

— Mas se eles já morreram como podem ter alergia?

— Eles não morreram. Foram infectados por um mal que ainda não conhecemos — disse Ludwig.

— E o vagabundo? O jornal noticiou a morte. Como ele foi aparecer naquela noite? Como veio nos atacar?

— A única explicação é a mulher. Foi a primeira vítima. É algo recente. O vampiro não sabe o que fazer com seus instintos. Talvez ela tenha atacado o vagabundo. Provocou um ferimento muito violento. Quando o encontraram, foi dado como morto. Aposto que o jogaram no necrotério para mais tarde, ser utilizado em alguma aula de anatomia. Não imagino como ele possa ter fugido. Mas foi uma coisa assim que aconteceu. Vampiros não são mortos-vivos nem se transformam em morcegos. São mutantes. Viram demônios, matam e ferem. Esquecem qualquer sinal de humanidade.

Percorremos o resto do caminho até a casa em silêncio. A manhã terminava e eu não havia notado a passagem do tempo. Fomos até o andar superior, nos acomodamos no sofá e eu adormeci imediatamente. Quando acordei, Ludwig e o médico também ressonavam. Na rua, o vento aumentava trazendo a noite mais cedo. Um espasmo estremeceu meu corpo.

— O senhor descansou? — o doutor Werner falou baixo, preocupado em não despertar Ludwig. Concordei com um movimento de cabeça.

— Temos uma longa noite pela frente.

Não falamos mais até Ludwig acordar. Ele nos encarou, os olhos brilhantes, uma expressão ansiosa. Foi até a janela e espiou o movimento.

— Vou fazer um café. Depois nos preparamos.

A cozinha emanava um calor morno, o odor da lenha queimando no fogão, misturando o cheiro do café a fumaça do cigarro que o médico tragava lentamente. A freira nos avisou que Dona Tóia despertara. Fomos até seu quarto e corroboramos a mentira da irmã Sueli. O doutor Werner pediu que a religiosa colhesse uma amostra de sangue. Ele telefonaria ao hospital para que viessem buscá-la. Dona Tóia necessitaria de transfusões de sangue. Olhei para o rosto da mulher deitada na cama e ela me pareceu ter envelhecido anos naquelas poucas horas. O olhar mal-humorado dera lugar a uma mirada vaga, buscando entender o que se passava. Voltamos ao andar superior e Ludwig abriu uma gaveta da escrivaninha. Retirou dois revólveres de pequeno calibre e um punhado de cartuchos brilhantes.

— Balas de prata. Como as que usamos no vagabundo — ele disse.

— Vampiros são imortais? Como no cinema? — repliquei.

— Já disse que vampiros são vítimas de uma maldição. Alguns relatos falam que seus corpos envelhecem muito lentamente e possuem uma força descomunal. Podem sangrar abundantemente e não morrer com um tiro ou uma facada. Não se sabe como, mas é assim. Já a prata provoca uma alergia fatal. Também não se sabe por que, mas já viste funcionar.

Ele carregou cuidadosamente as armas, entregou a primeira para o médico e guardou a outra no próprio bolso. Abriu uma nova gaveta, retirou dois tubos de ensaio com tampas de cortiça repletos de limalha prateada.

— Se for preciso, quebre o tubo no chão. Vai levantar poeira e serve como proteção.

— Se tiver chance, jogue neles – falou o doutor Werner completando as instruções de Ludwig.

Fora do círculo projetado pela luminária acomodada sobre a escrivaninha, o ambiente estava as escuras. Na rua, o movimento aumentara, os bondes passavam lotados, o barulho das portas gradeadas das lojas sendo fechadas misturando-se aos gritos do jornaleiro que anunciava os derradeiros exemplares do vespertino. Ficamos em silêncio, os olhares vagando pelo ambiente. Meus pensamentos se perdiam, a ansiedade suplantando o medo. Em alguns momentos, tentava me convencer que vivia um pesadelo, e ao despertar, me depararia com o cotidiano e sua rotina confortadora.

O odor de charuto me trouxe de volta. Ludwig, encostado à janela, fumava contemplando a rua. O doutor Werner dormia na poltrona. O carrilhão no andar de baixo irrompeu anunciando oito horas. Ludwig me olhou, foi até o médico, tocou-lhe o ombro e falou com voz ansiosa, o sorriso emoldurando o rosto.

— Já é hora.

No meu quarto, acomodei os tubos de ensaio no bolso interno da japona e apertei a lã grossa contra o corpo. Esfreguei as têmporas e saí. Eles me esperavam na sala. Partimos sem falar.

O bar na esquina não tinha mais fregueses e um atendente sonolento folhava o jornal. Ludwig falou ao meu ouvido.

— No outro lado na rua, na entrada do colégio – e apontou para um ponto escurecido.

— Se eles aparecerem, fica quieto. Cuida pra que não te vejam. Não tenta fazer nada sozinho. Espera algum sinal meu ou do doutor Werner.

— E se...

— Espera por um de nós.

Atravessei a rua e me encostei à porta de ferro, os vidros grossos manchados pelo frio e a umidade, a marquise retendo a luz. Ludwig e o médico sumiram na esquina, eu cruzei as mãos sobre o peito espreitando a paisagem, sentindo um calafrio sempre que alguma casa ou apartamento ficava às escuras. Após algum tempo, um bonde desceu a rua do bar. Fazia sua derradeira viagem naquele turno. Eu vigiava o início da quadra e a esquina. Nada acontecia. Sobrara apenas o som do vento zunindo entre casas e prédios.

MATILDE

MATILDE OLHOU PARA O RELÓGIO E AUMENTOU O VOLUME DO RÁDIO. A luz de cabeceira respingava uma réstia amarelada sobre o criado-mudo. O noticiário das onze da noite avisou que o frio continuaria, havendo possibilidade de neve na serra. Em Porto Alegre, as temperaturas poderiam baixar até um grau positivo durante a noite. Matilde se encolheu ainda mais debaixo das cobertas. O apartamento estava gelado, e a única fonte de aquecimento, uma estufa elétrica, há muito fora desligada na sala. Respirou cansada e preparou-se para o que viria. Estava na hora. Primeiro o caminhar pesado, o barulho dos saltos altos nos degraus, seguidos do caminhar arrastado. A vagabunda agora trazia um amante. Não tinha mais dúvidas sobre a ocupação da mulher do andar de cima. E o sujeito, quem sabe o gigolô, estava morando com ela! Matilde os espiara enquanto subiam as escadas uma noite. Um tipo baixo, quase careca, que ela vira de costas. Já conversara com alguns vizinhos, as coisas não podiam ficar daquele jeito. Uma vagabunda morando no prédio, trazendo homens para dentro de casa. E o barulho no meio da noite; o que eles faziam? Às vezes tinha saudade dos tempos da guerra, com os decretos de blecaute forçando a cidade a permanecer silenciosa. Era um prazer acordar no meio da noite e sentir aquela paz, a sensação de estar sozinha no mundo. Mas a chegada deste tipo de gente, e o ruído cada vez maior nas ruas, estavam acabando com o centro da cidade. Precisava agir, ou em breve, seria obrigada a se mudar.

Uma rajada de vento sacudiu a janela e o barulho começou. Portas batidas com violência, móveis empurrados, os saltos pisando forte, o caminhar arrastado martelando o assoalho. Escutara que os cafetões batiam nas suas mulheres para que elas não pensassem em abandonar a prostituição. Era o que acontecia todas as noites no apartamento acima? Naqueles momentos, lembrava da irmã mais velha, falecida há alguns anos. Fugira de casa para viver com um homem separado. Os pais proibiram qualquer contato com a filha rebelde e elas se encontravam em segredo. No início, tudo ia bem. Com o tempo, o companheiro adoeceu, a enfermidade o incapacitou, e a irmã teve que trabalhar para sustentá-los. Ela não comentava a respeito do que fazia, Matilde não perguntava, mas era capaz de imaginar. Ele morreu anos mais tarde deixando sua irmã fraca e envelhecida. Passou o resto da vida fazendo tratamentos e tomando remédios. Um câncer a liquidou, lenta e dolorosamente. Imaginava a mulher do andar de cima acabando do mesmo jeito. Pouco importava. Cada um escolhe seu destino. Ela escolhera ficar com a família, ter uma vida tranquila, sem envolvimentos. Durante os anos como professora, evitou lecionar. Optara por trabalhar na área administrativa das escolas. Não gostava de crianças e das obrigações que elas traziam. Após a morte dos pais, comprara aquele apartamento graças a sua parte na herança e às economias de muitos anos. Tudo ia bem, mas de uma hora para outra, precisava aguentar aquela gente! Era demais!

Levantou-se e, ao tocar o soalho gelado, buscou rapidamente as pantufas. Enrolada no chambre acolchoado foi até a sala. A escuridão era total. Não precisava de luz para andar dentro da própria casa. Sentou na cadeira de balanço e esperou. Não demorariam para sair. A imagem do aparelho de televisão que enxergara na vitrine de uma loja retornou a sua mente. Ficaria bem, acomodado em frente as duas poltronas. Poderia ver filmes, e mesmo desenhos, dos quais gostava em segredo.

O arranhão de um móvel sendo deslocado cruzou o teto. Olhou raivosa para a origem do som como se pudesse reprimi-lo. Escutou os ruídos na sequência tradicional preparando-se para agir. Através do olho mágico, viu a claridade surgir no corredor. Os saltos ecoaram contra os degraus, o deslocamento rastejante estava mais rápido. Matilde rodou a chave e apertou a maçaneta esperando para girá-la no momento em que eles aparecessem em seu campo de visão. Um calafrio insinuou-se pela espinha, mas ela o repudiou. Não se deixaria intimidar por aquela gente. Sentiu as mãos tremerem e respirou fundo buscando equilíbrio. Experimentava algo desconhecido, uma espécie de aviso para recuar enquanto ainda havia tempo. Mas era tarde. Enxergou os sapatos da mulher e abriu a porta.

Matilde não conseguiu falar. Havia cruzado com Lolita poucas vezes e não gravara suas feições. Mas ela não podia ter sempre aquela aparência.

A maquiagem grossa era incapaz de disfarçar a palidez do rosto, as olheiras fundas, a pele ressequida. E havia os olhos, coalhados de sangue, exalando uma expressão raivosa. Matilde tomou ar e num esforço, disse:

— Olha aqui, eu já não aguento mais a falta de respeito. Tu e...

Não completou a frase. Virou-se ao ouvir o movimento às suas costas. Recuou, buscando apoio no marco da porta para não cair. O homem, estático no penúltimo degrau, era um pouco mais alto que ela, o corpo balofo apertado num sobretudo preto, o cabelo grisalho cortado rente ao crânio, as unhas compridas e sujas. A pele era tão descorada quanto a de Lolita, e os olhos de íris acinzentadas, exibiam o mesmo fundo ensanguentado. A boca retorcida mostrava dentes acavalados, repletos de manchas amarronzadas, a exceção dos enormes caninos que cruzavam os lábios grossos. A minuteria desligou, sobrando apenas a claridade da rua vazando pelos vidros canelados da porta de entrada. Durante algum tempo, o único som audível foi o do bonde, aquela hora, recolhendo para a garagem. Matilde apertou ainda mais a maçaneta e, com um esforço, recuou fechando a porta. O coração batia descompassado, a respiração doía, a tontura ameaçava derrubá-la. Apoiou as costas na parede e viu a claridade do corredor infiltrar-se pelo buraco da fechadura. Um choro mudo sufocou o grito e, pela primeira vez, sentiu-se velha, próxima da morte. Os saltos e o caminhar arrastado se afastaram golpeando o chão, para sumirem acompanhados do bater da porta de entrada.

Lágrimas sacudiram o corpo miúdo e enrugado, e ela notou um calor inesperado inundar-lhe o sexo, seguida de uma incômoda sensação de umidade descendo pelas pernas até as pantufas. Olhou para o chão e viu a poça de mijo escorrer para o tapete. Não ligou. Era um sinal de que ainda estava viva e, no momento, nada mais importava.

NO ANTRO DO VAMPIRO

SUBLIMARA O FRIO, E UM MEDO SONOLENTO ME FEZ COCHILAR ENCOSTADO à porta de entrada da escola. Um sonho insinuou-se de imediato naquele torpor rasteiro. Nele, a espera era inútil, não existiam vampiros, e o calor da cozinha de dona Tóia circundava meu corpo. Até um arrepio me despertar, e a imagem surgir ante os meus olhos.

A mulher avançava pela metade da quadra. A cabeleira negra descia atrás dos ombros, as roupas apertadas contra as formas abundantes, a pele esbranquiçada luzindo na claridade morna da rua. Atrás dela, a figura retaca andava com dificuldade, mas seguia ameaçadora, como se exalasse maldade em cada movimento. Minha boca amargou, a respiração ardeu na garganta.

Ela dobrou a esquina e caminhou até a livraria especializada em livros usados. Parou junto à grade da vitrine iniciando sua vigília de prostituta. Aguardei a chegada do homem, mas ele desaparecera. Olhei outra vez para a mulher e a pulsação fustigou a minha fronte. Tinha a face sorridente, a mirada fixa em mim. Sem hesitar, atravessou a rua. Espiei ao redor em busca de Ludwig e do doutor Werner. Além a mulher, cada vez mais próxima, o lugar estava deserto. De repente, a música soou. Longínqua, um tom acima do sussurro. Quis correr, mas as pernas não responderam. Tentei gritar e o som não se articulou. Meus sentidos turvaram, até uma mistura de paz e cansaço me abater. A mulher, de alguma forma, se transformara. A palidez cadavérica continuava, os olhos ensanguentados eram os mesmos, e ainda assim, deixara de ser assustadora. Sua figura passara a irradiar paz. A música intensificou-se, e meu corpo amoleceu. Ela tocou-me o rosto, a mão gelada por um frio anormal. Abraçou-me, e ao colar o rosto ao meu, a sensação de frio, como eu jamais sentira, me paralisou.

Na calçada oposta, notei a figura baixa, enrolada num agasalho preto se aproximando. Senti o hálito fétido da mulher agredir a minha respiração. Foi como despertar de um pesadelo para uma realidade ainda mais terrível. Empurrei-a sem obter resultado. Ela arreganhou a boca exibindo os caninos enormes, o olhar exalando fúria. Gritei, e o medo jorrou pela garganta como adivinhando minha última atitude antes da morte. Enxerguei o homem adiantar-se. Tentei empurrá-la novamentem, mas minha mão escorregou em seu ombro. Num movimento rápido ela torceu meu rosto distendendo meu pescoço. A música soou alta, minha visão turvou. Fui jogado para trás e bati a cabeça na porta. Tonto, senti as pernas falharem, mas o que enxerguei me despertou.

O homem puxava a mulher pelos cabelos, jogando-a de um lado para o outro. Ela esmurrava o vento, esticava os dedos tentando arranhar, a violência dos movimentos tirando seu equilíbrio. Em seguida, ele a imobilizou com uma gravata. A mulher continuou se debatendo, insistindo na resistência. O homem apertou o golpe e a presa lançou um uivo misturando dor e raiva. Foi o último som que emitiu. Um novo aperto obrigou-a a dobrar os joelhos, e com um movimento quase imperceptível, ele cravou-lhe as unhas da outra mão na jugular. O sangue jorrou abundante, a mulher escorregou revirando os olhos, os lábios retesados num lamento mudo. Soltou-a e o corpo balançou antes de cair no lodo ensanguentado no qual o piso se transformara.

Eu permanecia encolhido no canto da porta. A criatura virou-se e avançou na minha direção. Naquele momento, um tiro transpassou a noite.

O vampiro gritou enquanto um filete de sangue descia pelo seu ombro. Caiu rosnando como um cão enfurecido, arranhando as lajes na tentativa de acalmar a dor. Olhei para a esquina e vi o doutor Werner correndo na minha direção. Ludwig, parado na calçada, a arma em punho, fazia mira. A criatura ergueu-se e desapareceu no cruzamento mal iluminado que o prédio do colégio ajudava a escurecer. Um novo disparo perdeu-se no ar. Tonto, escorreguei buscando apoio na porta às minhas costas. Ainda pude ver Ludwig perseguindo o homem antes que a visão turvasse.

— O senhor está bem?

Reconheci a voz do médico. Ele esfregava meus pulsos. A respiração normalizou e voltei a enxergar. O doutor Werner estava pálido, as sardas do rosto ainda mais salientes.

— Ele morreu?

— Fugiu.

— Por que ele a atacou?

— Talvez ela tenha deixado de servir, ou tentava se apoderar de algo que ele considera exclusivo.

Olhamos o cadáver ao nosso lado. Foi tamanho o pavor que nos erguemos apoiados um no outro. O sangue ao redor coalhara, as carnes da mulher haviam murchado, o cabelo crescido além da cintura, as unhas estavam retorcidas. Mas o pior eram os olhos. Haviam se transformado em dois buracos negros com restos acinzentados de íris e pupila. No mesmo instante, um enorme fedor invadiu o lugar. Cambaleamos até o poste na esquina e, apoiados nele, resistimos às ânsias de vômito.

— O que foi aquilo?

— Não sei. É como se estivesse morta há muito tempo e de uma hora para outra o corpo degenerasse.

— O senhor já tinha visto uma coisa assim?

O doutor Werner negou com um movimento de cabeça.

Olhei para trás e me senti feliz pela claridade não atingir a entrada da escola. Um resto de mau cheiro nos alcançava e era suficiente para renovar o pavor.

— E Ludwig? — ele perguntou.

A rua estava vazia. Uma chuvinha denunciada pelas lâmpadas nas ruas umedecia as calçadas. Nas casas e prédios, nenhum movimento. Por que ninguém acordara, nenhuma luz fora acesa, nenhuma janela estava entreaberta?

— Correu atrás do vampiro — respondi apontando a direção com o braço.

O médico caminhou naquele sentido. Eu continuava imóvel, sem saber se deveria acompanhá-lo. Ele se deteve, apontando para o chão.

— Olha aqui!

Gotas de sangue manchavam a calçada. Seguimos o rastro temendo que a chuva, cada vez mais forte, roubasse nossa pista. O medo crescia nos pontos que as luzes não alcançavam e as marcas se perdiam. Era preciso retomar o caminho original, fantasiar sinais na escuridão, até reencontrar os vestígios. As casas e os edifícios permaneciam escuros. O hotel na esquina sobre o viaduto estava envolto em uma penumbra densa, a lâmpada na recepção servindo de indicativo para a entrada de um hóspede retardatário. Eu seguia o médico sem pensar, o medo acelerando o coração, o ar machucando a garganta.

— Veja!

A voz do doutor Werner me despertou. Na rua à direita, o prédio de poucos andares salientava-se entre casas antigas e um pequeno comércio. Ludwig estava parado no meio da quadra. Ele ofegava, a respiração produzindo fumaça ao encontrar o ar gelado da noite. Notei a porta escancarada. Ludwig tinha os olhos cravados nela. No alto da parede, uma luminária revelava parte da fachada do edifício e o começo de um corredor escuro que parecia não ter fim. As manchas de sangue enveredavam naquela direção.

Paramos ao lado de Ludwig, mas ninguém falou. Ele esfregava as mãos e batia os pés na calçada para espantar o frio. O doutor Werner acendeu um cigarro tragando fundo e, antes de expelir toda a fumaça pelo nariz, tragou novamente. Eu apertei os tubos com limalha guardados no bolso tentando esconder os tremores que percorriam meu corpo.

Não recordo quanto tempo ficamos parados. A partir daquele momento, as únicas lembranças nítidas são a caminhada cruzando a rua, a passagem pela abertura, nossos vultos transformados em elipse pela claridade agora distante, Ludwig sacando a arma, o braço esquerdo tateando a parede até o corredor ficar iluminado, o rastro de sangue sumindo escadaria acima.

Recuei. Ludwig e o doutor Werner pararam. Um jorro de vento empurrou a porta deixando uma nesga entreaberta. Busquei o interruptor ao escutar o rangido. O médico foi o primeiro a entrar, mas foi logo ultrapassado por Ludwig. Atrás das portas, total silêncio. Das paredes cobertas até a metade por azulejos mesclados de verde, descia um suor úmido. Avançamos lentamente, o olhar fixo nos degraus marcados de sangue fresco, parando ao final de cada lance. Ludwig, com o braço distendido, apontava o revólver trêmulo em todas as direções. Atingimos o último andar e a claridade sumiu. Desci alguns degraus tropeçando em busca de um interruptor. Apalpei vários azulejos até a luz acender. Voltei e, no alto da escada, Ludwig e o médico olhavam a porta escancarada ao final do corredor. No umbral escurecido, a trilha de pingos ensanguentados desaparecia.

— Vamos esperar até amanhecer, então... — sussurrei.

O doutor Werner me encarou e eu baixei a cabeça. Ludwig e o médico avançaram. Segui-os sem refletir, as mãos nos bolsos do casaco, a transpiração gordurosa marcando o rosto. Ludwig estancou junto à porta. Um fedor agressivo saía do apartamento. Ele engatilhou novamente o revólver e prosseguiu. Nenhuma luz estava acesa, mas as venezianas filtravam a claridade da rua. Os móveis se achavam atirados no chão ou quebrados, as paredes cortadas por enormes arranhões. Um rádio emudecido com as válvulas expostas fora jogado num canto da sala e delas, vertia um brilho opaco. Ao lado, o cadáver estripado de um pequeno animal explicava o mau cheiro. Recuei, a mão sobre a boca reprimindo a náusea. Fui levado até o início do corredor.

— Fique aqui.

Não consegui identificar quem falou, pois ambos olhavam para o apartamento. Ignorei a ordem decidido a acompanhá-los. O cadáver que o rádio expunha não era o único. Restos de vários animais estavam espalhados no chão. Na cozinha, os móveis haviam sido despedaçados, o banheiro estava coberto por manchas de sangue ressequido. A porta do quarto era a única fechada. O médico sacou uma arma enquanto baixava lentamente a maçaneta. Ludwig mirou a faixa acinzentada vinda da peça. O doutor Werner abriu a porta num gesto rápido e invadiu a peça. Ludwig eu o seguimos. A música soou leve e assustadora.

Um foco de claridade listrada se enfiava pela veneziana revelando móveis destruídos e manchas de sangue pelas paredes. No canto oposto ao da janela, de costas para nós, estava a criatura, o rosnado chiando a cada tomada de fôlego. Lentamente, ele virou-se em nossa direção. A música ficou mais clara, a melodia agradável sugando o medo. Divisei meus acompanhantes através da penumbra cortada de luz. Estavam imóveis, os rostos tensos, o olhar arregalado.

Os movimentos do vampiro eram lentos, como se o menor gesto causasse desconforto. As mãos abafavam o ferimento e pude ver as unhas crescidas e sujas, a pele arroxada nas articulações e nas extremidades, os dedos longos dobrados como garras. O rosto exibia a palidez de um cadáver, lábios e orelhas necrosados, os dentes pulando fora da boca, o olhar ensanguentado fixo em nós. Mas somente a música importava. Era cada vez mais clara, agradável, capaz de aliviar qualquer preocupação. Ele continuava avançando, o sorriso deformando ainda mais os traços e, por um momento, enxerguei os caninos enormes. Parou a nossa frente, os olhos correndo de um para o outro. Era o suficiente para nos imobilizar. Ergueu o braço em direção a Ludwig que baixou a cabeça se adiantando. A criatura avançou um passo e sua mão disforme se fechou no pescoço do meu senhorio. Vi Ludwig colocar a mão no bolso do casaco e, num movimento inesperado, sacar a arma e disparar.

O vampiro recuou enquanto a veneziana se abria num estrondo, a penumbra invadindo o quarto para revelar novos restos de animais mortos, o vento atiçando o fedor. A música cessou e um pavor desconhecido me assolou. Coloquei a mão no bolso procurando o frasco de limalha. Com um tapa, o vampiro jogou a arma de Ludwig para longe. O médico sacou o revólver, mas não conseguiu atirar. A criatura pulou para cima deles tentando morder. Rosnava alto, as mãos apertando o pescoço dos dois homens que jogavam socos e pontapés ignorados por ele. Eu continuava incapaz de qualquer gesto. Queria fugir, mas as pernas não respondiam, o ricto preso a boca. Um espasmo contorceu o meu corpo. Sem me dar conta, puxei o tubo do bolso e atirei sobre eles.

A maior parte da limalha caiu no chão ou no agasalho que o vampiro usava. O restante atingiu sua cabeça. Ele soltou um urro dolorido e esfregou o crânio tentado retirar os grãos de prata cravados na pele. Ergueu-se e veio na minha direção, a cara inchada, o olhar ainda mais injetado de sangue, a boca escancarada, os dentes prontos para morder. Recuei até bater com as costas no parapeito da janela.

Ele estendeu as mãos e o toque gelado fechou em torno do meu pescoço, as unhas cravando na carne. Senti o hálito fétido mais perto, a música se insinuando, até os tiros a interromperem. Não distingui quantos disparos soaram, mas recordo o clicar do tambor vazio, o estrangulamento afrouxando, a figura hedionda arriando lentamente. Empurrei a criatura que não opôs resistência. O corpo tombou no chão, a força sugada pelo sangue escurecido descendo dos buracos nas costas. Vi Ludwig adiantar-se e disparar cinco vezes seguidas enquanto o doutor Werner se dava conta que sua arma estava vazia. As cargas atingiram a cabeça do vampiro que permaneceu imóvel. O crânio tornou-se uma massa disforme e coberta de sangue. Não recordo quanto tempo ficamos parados em silêncio, como se algo necessitasse acontecer para confirmar que continuávamos vivos. Fixei pela última vez o corpo estendido no chão. Ele se decompunha rapidamente. A morte cobrava o tempo perdido.

— Vem, não tem mais nada pra fazer aqui.

Olhei para o médico sem reconhecer suas feições. Recuperei a consciência ao sentir o toque de Ludwig no meu ombro. Ele falou num tom suave.

— Vamos, acabou.

A porta ficara aberta e o mau cheiro invadia o corredor, levado pelo ar úmido e frio. O doutor Werner aguardava no início da escada, a mão próxima ao interruptor. Descemos vagarosamente, olhando para trás ao final de cada lance de escada. A entrada do edifício continuava aberta e um gotejar fino umedecia a calçada. Junto à porta do primeiro apartamento havia uma mulher envelhecida, a mão apertando a maçaneta, os olhos arregalados, os lábios movendo-se num murmúrio indistinto. Ela nos olhou enquanto um soluço cortava seu fôlego.

— Não existe mais perigo. A senhora pode chamar a polícia. Diga que ouviu tiros, gritos, um verdadeiro inferno. Conte que não viu ninguém, que não conhece quem mora naquele apartamento — disse Ludwig com voz cansada, o olhar fixo no rosto enquadrado pelo marco.

Ela não respondeu. Na rua, Ludwig contemplou o prédio e, antes de fechar a porta, repetiu:

— Não existe mais perigo. Terminou.

Saímos pela rua em silêncio. Recordo o chuvisqueiro, o vento parecendo mais frio a cada esquina, a entrada na casa de Ludwig, o ar morno vindo da cozinha onde o fogão a lenha ficara aceso toda a noite. A escuridão perdia intensidade e o carrilhão no corredor bateu seis horas. Entrei no quarto, tirei o agasalho, descalcei os sapatos, e me joguei na cama. É tudo que guardo na memória.

EPÍLOGO

DURANTE MAIS DE UMA SEMANA, POUCO FALAMOS. A ENFERMEIRA TRAZIDA pelo doutor Werner foi embora após alguns dias e dona Tóia voltou ao trabalho. No entardecer, o médico aparecia para trocar o curativo. O inchaço e as marcas no pescoço desapareceram sem que ela guardasse nenhum vestígio do que acontecera.

Recebi um telegrama do banco pedindo minha presença dali a sete dias na central administrativa, para assumir uma nova função. Na noite de domingo, bateram à porta do meu quarto e a voz clara de Ludwig pediu licença para entrar.

— Precisamos conversar. O doutor Werner já está lá em cima.

Eu o segui na escadaria sentindo o cheiro do cigarro que o médico fumava. Ele sorriu e me estendeu a mão com uma familiaridade inédita. Ludwig se acomodou atrás da escrivaninha.

— Tens lido os jornais? — perguntou.

Só então notei os vários recortes espalhados sobre a mesa. Neguei com um movimento de cabeça.

— Falam da descoberta de corpos em decomposição: o primeiro em frente a um colégio no Centro e outro em um apartamento. A polícia liga os achados a algumas mortes e a um desaparecimento.

— Quer dizer que pode haver outros...

— Vampiros? Não. Ao menos não deste bando, "descendentes" da criatura que matamos na semana passada. Já teriam se manifestado. Por enquanto, estamos livres.

Não respondi e Ludwig contemplou a rua através da janela.

— O senhor ainda não acredita, não é?

— No que doutor?

— Nos vampiros. Mesmo depois do que viu e passou, ainda não acredita?

Permaneci calado.

— Dona Tóia está curada. Nada vai acontecer com ela. Não precisa te preocupar.

— Eu não estou preocupado – respondi olhando para Ludwig que alargou o sorriso.

— Ótimo. Em todo o caso, queria que soubesses que o doutor Werner e eu...

—... estão à minha disposição – interrompi.

Ludwig soltou uma gargalhada, acendeu um charuto e fixou o médico, como quem confirma uma antiga previsão.

— O que vamos fazer de agora em diante? – perguntei após algum tempo.

— Viver a vida. Como todo mundo faz. Imagine que o senhor se recuperou de uma doença quase fatal, que as chances dela reaparecer são raras. O senhor com certeza conhece algum caso assim. A maioria destas pessoas se torna mais forte, pois teve uma experiência única, quase especial. É assim que o senhor deve encarar o que passamos. Foi especial. Terrível e especial. Vamos demorar muito para entender o que aconteceu, se é que algum dia vamos conseguir. Às vezes, em casos quase perdidos, os médicos tentam um último tratamento, a hipótese mais remota e improvável. E funciona. Não serve como regra para outros casos, mas naquele momento, representa a salvação de uma vida. Sinta-se um pouco médico, pois foi o que fizemos.

— E o senhor doutor, acredita em vampiros?

— Depois do que passamos como não acreditar? Só não entendo tudo, não posso afirmar que vá ser sempre assim, que fizemos o certo, que não havia nenhuma outra opção. Eu lhe disse que era uma praga, uma espécie de maldição degenerativa. A cura foi matar o enfermo, pois ele poderia infectar gente inocente. Meio medieval, não acha?

— Talvez não seja uma praga, e sim uma maldição. Uma forma do mal que carregamos dentro de nós manifestar-se, nos dominar por completo. Fizemos o certo, porque fizemos o que era possível — disse Ludwig erguendo-se e tragando fundo o charuto.

Não sei quanto tempo mais ficamos naquela sala. A única lembrança é o silêncio daqueles momentos. Foi o médico quem o rompeu apanhando a maleta e estendendo a mão num aperto intenso.

— Conte comigo.

Foi nossa última conversa. Retomei o trabalho no banco quase com fúria. Esqueci horários e limites. Em seis meses fui promovido para uma assessoria próxima ao diretor presidente. Durante este tempo Ludwig voltou às leituras, aos passeios, e recebeu um enorme volume de correspondência.

— E agora, com aquela televisão, fica acordado até quase meia-noite — Dona Tóia comentou durante o café da manhã.

Ela me encarava esperando algum comentário, mas como permaneci calado, voltou-se para o fogão a lenha, estendendo as mãos sobre a chapa em busca de calor.

Nas ruas, as pessoas caminhavam curvadas, apressadas, fugindo do frio. A chuva cessara, e o Minuano zunia pelas esquinas. Ludwig e eu almoçamos juntos uma única vez durante aquele período. Um domingo gelado, de nuvens baixas e ruas desertas. Após o café, ele me convidou para assistir televisão.

— Pela primeira vez, vão transmitir uma partida de futebol.

Sentamos no sofá e observei a escrivaninha repleta de cartas abertas e envelopes rasgados. Ludwig consultou o carrilhão na parede e falou enquanto acendia um charuto:

— Relatei o que nos aconteceu para vários correspondentes aqui e lá fora. A maioria das respostas pedia mais detalhes. Ontem recebi a carta de um padre do interior de Minas Gerais, de uma cidade de ferroviários. Relata um caso semelhante, e fala da música.

Um calafrio varou minhas costas. Ludwig se ergueu, foi até a escrivaninha e voltou com uma carta nas mãos.

— Como terminou? — perguntei.

— O padre matou o vampiro. Mas ele desconfia que existam outros, criaturas deixadas por aquele que foi morto.

— Vais até lá?

— Ele não precisa e, na verdade, não sei se poderia ajudar. Qual seria a minha reação se precisasse enfrentar tudo aquilo outra vez?

— Se não fosse a tua ação não estaríamos conversando agora. Como conseguiste te livrar da música e atirar?

Ludwig riu puxando uma enorme baforada antes de concluir.

— Sou um pouco surdo do ouvido direito, sofro de otites constantes. No inverno, uso um algodão embebido em antiinflamatório. Antes de sair naquela noite, havia trocado o algodão. Não chegava a escutar a música com perfeição. Quando ele se moveu para o teu lado, a música pareceu sumir. Minha única reação foi puxar o gatilho.

Permanecemos calados por um longo tempo. Ludwig concentrou-se no charuto e eu me perdi em lembranças de outras épocas. O som da televisão me trouxe de volta, a voz inflamada de um narrador esportivo anunciando o início da partida, as imagens acinzentadas dos jogadores correndo pelo campo.

Não recordo um inverno tão longo quanto aquele. No final de setembro ainda se noticiava neve nas serras, e em várias manhãs, ao sair para o trabalho, notava marcas da geada nos telhados das casas. A primavera ainda foi gelada e somente em novembro, o sol começou a produzir um calor mais intenso. Em uma das primeiras noites quentes, ouvi batidas na porta do meu quarto.

— Posso entrar?

Sorri para Ludwig e ele sentou-se na cadeira próxima à janela. Um vento leve sacudia a cortina.

— Vou viajar. Uma temporada longa, para estudos e encontros com várias pessoas.

Fiquei calado, olhando o rosto magro a minha frente.

— Mas não te preocupes. Dona Tóia continua e nada vai mudar. Podes pagar o aluguel para ela. E acima de tudo fica tranquilo. Não há mais perigo.

Ludwig se ergueu e apertou minha mão.

— Quando vais?

— Amanhã pela manhã – respondeu sorrindo.

Minha visão turvou-se e com esforço, contive as lágrimas. Talvez ainda fosse o medo, ou a surpresa por ficar novamente só.

— Não te preocupa. Tudo vai ficar bem.

Foi a última vez que o vi. Morei na casa por mais seis meses. Recebi duas cartas de Ludwig. Uma com carimbo de Lisboa e outra de Bucareste. Nessa última, ele dizia estar se preparando para ir à Índia e dali, tentaria chegar ao Tibete. Nunca soube se conseguiu. Decidi me mudar. Obtive um financiamento no Banco e comprei um apartamento no Centro, pouco distante da casa de Ludwig. Dona Tóia recebeu a notícia com um sorriso fingido e me desejou sorte. Fui visitá-la na semana do Natal. Continuava dormindo no quarto ao lado da cozinha sem se importar que com as peças desocupadas.

— Até aprendi a gostar de televisão – disse ela enquanto bebia o café que passara na hora.

— E Ludwig? Disse quando volta?

— Não falou. Agora ele só envia postais.

Ergueu-se e retirou da gaveta um maço de envelopes dos mais variados lugares. Os textos davam notícias breves, ou faziam brincadeiras com a paisagem do cartão.

— Como ele nunca para, não tenho como escrever para dar notícias – disse mal-humorada.

— E o doutor Werner?

— Ele me visita uma vez por mês. Tem mania de medir a minha pressão e, um dias destes, me obrigou a retirar sangue para um exame. Disse que na minha idade não se deve descuidar. Bobagem.

Limitei-me a um sorriso mudo. Imagens do passado voltaram, e pensei no verdadeiro motivo para a preocupação do médico.

No ano seguinte fui três vezes até a casa de Ludwig para encontrá-la sempre fechada. Na última, um sábado pela manhã, perguntei por dona Tóia na padaria da esquina, na fruteira da outra quadra, e por fim na farmácia ao fim da rua. Todos a conheciam, mas o único do qual ela se despedira fora do farmacêutico.

— Me disse que cansou de morar sozinha naquela enorme casa. Foi viver com a irmã que é costureira em Novo Hamburgo.

Procurei o doutor Werner no hospital sem sucesso. Por fim, recebi um bilhete no banco.

"Temos nos desencontrado. Ando trabalhando muito no hospital e com meus pacientes particulares. Imagino que queira notícias de Ludwig. Ainda viajando. Ele envia postais regularmente. Dona Tóia andou um pouco gripada, mas continua forte, vivendo em Novo Hamburgo com uma irmã. Espero que tudo esteja bem com o senhor."

Werner.

Se o tempo é o melhor remédio para a memória, é o pior veneno para os sentimentos. A necessidade daqueles rostos foi sumindo, apesar de suas feições continuarem nítidas em minha mente até hoje. Só me dei conta de quanto tempo havia transcorrido ao passar em frente à casa de Ludwig e ver um enorme tapume protegendo a demolição. Outras casas ao lado, além do prédio na esquina, sofriam o mesmo processo para dar lugar ao hotel que uma placa anunciava.

A cada inverno, na chegada dos primeiros ventos que gelam as esquinas, ajudados em alguns dias pela chuva miúda, recordo meu primeiro ano em Porto Alegre. O que teria sido feito daquelas pessoas?

Dona Tóia dificilmente estará viva; o médico tornou-se um ancião, com grande chance de já estar aposentado. E Ludwig? Salvo um acidente, terá mais ou menos a minha idade. O que andará fazendo? Sem perceber, transformei meu apartamento numa miniatura da minha primeira morada em Porto Alegre, com livros, fogão a lenha (o único no prédio), e um enorme aparelho de televisão.

Várias noites, nas horas em que o movimento das ruas silencia, recordo a narrativa do tio de Ludwig, e tento relacioná-la com o que me aconteceu. O único ponto em comum é o clima:

A enchente em mil novecentos e quarenta e um e o frio extraordinário naquele ano. Como se a natureza advertisse sobre a chegada de algo excepcional e perigoso.

Para este inverno, estão sendo previstas as temperaturas mais baixas dos últimos tempos. Compro todos os jornais e pesquiso nas redes de computadores, temendo encontrar algum vestígio. Até agora nada. Espero que continue assim.

O ÍNVE
do
VAMO

RNO
PIRO

Este livro foi composto em Adobe Garamond Pro (corpo) e Juniper Std (títulos) em setembro de 2023 e impresso em Triplex 250g/m² (capa) e Pólen Soft 80g/m² (miolo).